大正幽霊アパート鳳《ほう》銘《めい》館《かん》の新米管理人4

竹村優希

角川文庫
23338

Contents

鳳《ほう》銘《めい》館《かん》

代官山の住宅街にある美しい洋館。
大正時代の華族の邸館をアパートに改装したものだが、
当時の雰囲気はそのまま。入居条件は霊感があること。

上《うえ》原《はら》礼《れ》央《お》

25歳。爽良の隣の部屋に住む、
幼馴染にして唯一の友人。
業界トップレベルのフリーエンジニア。
美形だが無愛想?

鳳《おおとり》 爽《そ》良《ら》

23歳。強い霊感があることを
隠して生きてきた。
祖父の庄之助から鳳銘館を託され、
オーナー兼管理人を務めることに。

紗《さ》枝《え》

鳳銘館に住む少女の霊。
爽良に懐いている。

大正幽霊アパート鳳《ほう》銘《めい》館《かん》の新米管理人

御《み》堂《どう》吏《つかさ》

30歳前後。
鳳銘館の管理人代理。
軽くて適当そうな口調だが、
人懐っこい一面も。
寺の息子で霊を祓える。

ロンディ＆スワロー

鳳銘館で飼われている
ホワイトスイスシェパードの兄弟犬。
見た目はそっくりだが性格は真逆。

イラスト/カズアキ

鳳銘館《ほうめいかん》の裏庭の東にぽつんと佇《たたず》む、ガーデンセット。

テーブルは小さく、揃いのガーデンチェアはたった一脚しかない。

腰掛けて正面を見上げれば、鬱蒼《うっそう》とした木々と、その枝の上に設置されたたくさんの巣箱が目に入り、時間によっては鳥たちが集う様子を眺めることができる。

ガーデンセットの存在を知る前、昼間ですら薄暗い裏庭は酷《ひど》く不気味に感じられ、爽《そ》良《ら》にとっては少なくとも進んで立ち入りたい場所ではなかった。

けれど、ここ最近にいたっては、気付けば足が向いてしまう。

明確な理由は、爽良自身にもよくわかっていない。


すっかり秋が深まった十月。

爽良は朝から裏庭のガーデンセット――通称ガーデンへやってきて、巣箱をぼんやりと眺めていた。

残念ながら、鳥たちの気配はない。

ふと視線を動かすと、テーブルのすぐ横の木に設置された巣箱が目に入る。

ひとつだけぽつんと離れ、おまけに他と比べて明らかに不恰好《ぶかっこう》なその巣箱の中から、爽良は先日、古い写真を見つけた。

ずいぶん劣化していたけれど、そこに写っていたのはおそらく幼い頃の御堂《みどう》と、母親の杏子《きょうこ》と思《おぼ》しき女性の姿。背景に写った景色から察するに、場所は御堂の実家の寺・善珠院《ぜんじゅいん》である可能性が高い。

なぜそんなものが巣箱の中から出てきたのかはわからないけれど、礼央《れお》はその写真の劣化具合から、そんなに長く放置されていたわけではなさそうだと、少なくとも年単位ではないだろうと推測した。

ここ一年以内に、わざわざ裏庭の巣箱に御堂の写真を残した人物となると、関係性から考えても庄之助《しょうのすけ》以外に思い当たらない。

というのも、庄之助は爽良に、「大切なものを見つけてほしい」という謎の遺言を遺《のこ》し、約七ヶ月前に亡くなっている。

礼央もその意見に同意らしく、そのときに口にしていた「始まったのかもね、庄之助さんの宝探しが」という言葉を、爽良は印象的に覚えていた。

とはいえ、それらがどう繋《つな》がるのか、そもそも写真がなにを意味するのか、今のところまったく見当もついていない。

ただ、いずれにしろ、庄之助の「大切なもの」とは、爽良が考えていたよりずっと複雑で難解なものなのではないかという予感だけは、明確に感じていた。

託す相手は本当に自分でよかったのだろうか、と。爽良はぼんやり考えながら不恰好な巣箱を見上げる。

もちろん気にはなるけれど、調べようにも、爽良はそもそも庄之助のことを、それこそ生前の人間関係すらほとんど知らない。

御堂のことはずいぶん可愛がっていたようだが、その御堂のことを爽良はつい最近怒らせてしまい、すっかり気まずくなってしまった。

「……まずは、それをなんとかしないと」

独り言を零《こぼ》すと同時に風がふわりと舞い、まるで労《ねぎら》っているかのように、爽良の肌をそっと撫《な》でる。

その瞬間、ふと、前に偶然見てしまった御堂の奇妙な様子を思い出した。

それは、三十年前に御堂の母親絡みで結界が張られていたことが判明した、三〇一号室でのこと。

御堂は部屋の中で一人、まるで魂が抜けてしまったかのように、ただぼんやりと立ち尽くしていた。

霊に殺されたという母親のことを思い、後悔で苦しんでいるのかもしれないと考えた爽良は、なんだか見ていられず、自分にもなにか力になれないかと必死に訴えた。

けれど、それに対する反応はなく、御堂が爽良に向けて唯一口にしたのは、「似てる」という意味不明なひと言のみ。

言い知れない不安を覚えたことを、爽良ははっきりと覚えている。

しかし、御堂はその後間もなく普段通りに戻り、まるでさっきまでのことはなかったかのように、平然と爽良に別の話題を振った。

そのときは、自分の申し出は無視されてしまったのだと、そういう解釈をするしかなかった。

けれど、あのときのことを考えるたび、いくらなんでも不自然に感じられてならなかった。

あれは、いったいなんだったのか。どこか虚《うつ》ろだった御堂の様子を思い返すと、爽良の心は酷くざわめく。

「聞いても、教えてくれないよね……」

溜《た》め息混じりの呟《つぶや》きは、風の音にかき消された。

ふいに飛んできた一羽の鳥が高い枝にとまり、爽良は反射的に息を潜め、その小さな姿を目で追う。

細い足で器用に跳ねながら、随所に設置された巣箱を順番に覗《のぞ》き込む様子がなんだか微笑ましい。

けれど、そんな癒《いや》しの光景を眺めていてもなお、今日は御堂のことが頭から離れなかった。

そもそも、御堂という人間は最初から摑《つか》みどころがなく、ここ半年程でさまざまな面を見てきたつもりだけれど、理解できている自信はまったくない。

鳳銘館に受け入れてくれたときの穏やかさも、庄之助のことを語るときに見せる寂しそうな表情も、霊と対峙《たいじ》したときに纏《まと》う無情な空気も、——どれも御堂だと思う一方、まったく別のところに本音があるような感覚もあった。

ふと、庄之助と出会った頃の御堂はどんな感じだったのだろうという疑問が浮かぶ。

庄之助が御堂に大きな影響を与えたことは確かだが、今とは違う御堂がうまくイメージできない。

知りたいと、無意識に考えている自分がいた。

そして、情報源として最初に思い浮かんだのは、鳳銘館の住人だった。

鳳銘館を継いで半年以上が経ち、いまだに顔を合わせたことすらない住人もいるけれど、昔の御堂を知っている人物として、爽良には一人だけ心当たりがある。

それは、二〇二号室に住む、塚本《つかもと》。

塚本は爽良が最初に挨拶《あいさつ》を交わした住人であり、入居者名簿には、生前の庄之助とずいぶん親しかったことを思わせる記述があった。

ならば、庄之助が目をかけていた御堂の様子も覚えているかもしれない。

思い立ったが吉日とばかりに、爽良は勢いよく立ち上がる。

頭上では、鳥がようやく選んだ巣箱から慌てて飛び立っていった。

第一章

東側の通用口から建物に入って廊下を歩きながら、爽良は礼央の部屋の前で足を止めた。

礼央には爽良の単独行動のせいで何度も心配をかけているし、とりあえず情報収集をするという報告だけはしておこうと、爽良はノックをしかけ、――寸前で手を止める。

瞬間的に頭を過《よぎ》ったのは、ほんの数日前の出来事。

礼央はあまりにも突然、しかもなにかのついでのような自然な動作で、爽良の前髪越しにキスをした。

あれ以降、いつまで経っても理解が追いつかず、しつこく動揺を引っ張り続ける爽良を他所《よそ》に、礼央はいたっていつも通りに過ごしている。

結果、あれはきっとなにかの勘違いだったのだと、強引な結論を出すことで爽良は無理やり心を落ち着けていた。

けれど、ふとした瞬間に、あのとき覚えた感触が鮮明に蘇《よみがえ》ってくる。まるで、勘違いではないと、記憶が抗《あらが》っているかのように。

しかも、一度思い出したが最後、どんなに振り払おうとしても頭にまとわりついて離れてくれない。

爽良はノックしかけた手を宙に浮かせたまま、しばらくその場に立ち尽くし、深呼吸を繰り返した。

しかし、動揺は収まりそうになく、一旦《いったん》出直そうと考えはじめた、そのとき。

「どうしたの」

背後から礼央の声が響き、爽良はビクッと肩を揺らした。

「あ……、いや、あの……」

必死に平常通りを取り繕おうとしたものの、上手《うま》くいかないことは自分が一番わかっていた。

礼央はこてんと首をかしげ、部屋の戸を開ける。

「とりあえず中入る？」

「え、……っと、いや……、っていうか、そう、塚本さんが」

「塚本さん？」

「御堂さんの……、えっと、つ、塚本、さんのところに」

まともに喋《しゃべ》ることすらできなくなる自分が、情けなくて仕方がなかった。

たかが前髪にキスされてここまで動揺する大人なんて他にいるだろうかと、冷静に考えている自分もいる。

けれど、爽良にとって、――恋愛はおろか礼央以外の友達が一人もいなかった爽良にとっては、自分の人生に到底起こり得ないと思い込んでいた、極めて想定外の出来事だった。

数秒程度の沈黙がずいぶん長く感じられ、心臓はさらに鼓動を速める。

礼央は不思議そうな表情で爽良を見つめ、それからふたたび戸を閉めた。そして。

「俺、ウッドデッキにいるね」

そう言って、返事も待たずに爽良に背を向けた。

その後ろ姿を呆然《ぼうぜん》と眺めながら、おそらく、落ち着くための時間をくれたのだろうと爽良は察する。

昔から礼央は、爽良の様子がおかしくとも、よほどのことがなければ無理に問い詰めたりはしない。

それは、隠さなければならないことばかりだった爽良にとってありがたい対応だったし、だからこそ、礼央の前では比較的自然体でいられた。――けれど。

なぜだか今日は、その気遣いに甘んじてはいけない気がした。

無性に不安が込み上げ、爽良は衝動的に礼央の後を追い、袖《そで》を掴んで引き止める。

「ま、待って、ごめん……」

かろうじて声は出たものの、その先に言うべき言葉は思いついていない。

礼央はそれすら見透かしているかのようにゆっくりと振り返り、先に口を開いた。

「――なかったことにしたい？」

唐突な問いかけに、爽良の頭は真っ白になる。

けれど、その言葉がなにを意味するかは、さほど考えるまでもなかった。

「爽良がその方がいいなら、そうする」

困惑してなにも答えられない爽良に、礼央はそう付け加える。

表情から、感情は読み取れなかった。

結局、礼央は返事を待たずにふたたび背を向け、廊下を進んでいく。

遠ざかる足音を聞きながら、混乱しきっていた頭がスッと凪《な》いだ。

とにかくなんでもいいから話さなければと、強い焦燥感に駆られたのは、礼央の姿が談話室へと消えた瞬間。

爽良は一度大きく深呼吸をし、談話室へ向かって廊下を進む。

もちろん、なんのプランもない。

ただ、このままでは礼央が遠くへ行ってしまうような気がして、言い知れない不安が自分を突き動かしていた。

勢いのままに談話室に入ってガラス戸を開け、ウッドデッキに出ると、すでにパソコンを開いている礼央と目が合う。

思わず怯《ひる》みそうになったけれど、爽良は拳《こぶし》をぎゅっと握りしめ、礼央の隣に座った。

しかし。

「礼――」

「顔、こわ」

いきなり笑われ、張り詰めていたものが一気に緩んだ。

「なに言っ……」

「キレてる？」

「な、なんで私が……」

もともとなんの用意もなかったとはいえ、勢いまで失ってしまった爽良はただ戸惑う。

一方、礼央はいたっていつも通りに爽良を見つめた。

「それで、なにかあった？」

「え……？」

「なにか用があって部屋に来たんでしょ？」

「あ……、それは、その……」

あまりに普通の口調に、さっきの問いに対する返事はもう求められていないのだと察する。

爽良を困らせないようにと、あえてそうしていることも、もちろんわかっていた。

その気遣いに甘えてはならないとわかっていながら、爽良には蒸し返す勇気も準備もない。

「用事というか、相談というか……、庄之助さんの〝大切なもの〟のことを考えていて結局、爽良に選べる選択肢はひとつしかなかった。

「うん。それで？」

「……巣箱で見つけた写真に御堂さんが写ってたから、御堂さんに関連するんだろうって思って。……でも、私がここへ来る前の御堂さんのことを全然知らないから、知ってる人に聞いてみようかと……」

「なるほど。たとえば、塚本さんとか？」

「……うん」

察しのいい礼央によってあまりにスムーズに話が進み、爽良たちの間には、さっきのやり取りなどなかったかのような平穏な空気が流れる。

心の奥の方では、これでいいはずがないという迷いが燻《くすぶ》っていたけれど、もはや引き返すことはできなかった。

「塚本さんなら、多分もうすぐウッドデッキに来るよ。いつも十時頃から昼までここで本を読んでるから」

「そうなの？……知らなかった」

「爽良はいつも掃除してる時間だし。今日は掃除を後回しにして待ってみる？」

「……うん。そうする」

「了解」

「……」

礼央は頷《うなず》き、パソコンのキーボードに指を走らせる。

聞き馴染《なじ》みのある柔らかいタイピング音が、静かな庭に響いた。

いつもは爽良の心を落ち着かせる音だけれど、今日は自分の心のざわめきと共鳴し、余計に不安を煽《あお》る。

なにか言わなければ、でもなにを言えばいいのだろうと、沈黙が続くにつれて爽良の頭は混沌《こんとん》を極めていった。

そのとき。

「おや、爽良さん。珍しいね」

声をかけられ顔を上げると、穏やかに笑う塚本の姿があった。

「塚本さん……、おはようございます……」

慌てて挨拶《あいさつ》をした爽良に、塚本はさらに笑みを深める。

「なかなか顔を合わせないけれど、廊下や玄関ホールが輝いているから、頑張っているんだなぁと思ってたよ。いつもありがとう」

「そんなことは……。私なんてまだまだ……」

「私なんて、って言葉はあまりよくないね」

「す、すみません」

「すぐに謝るのもよくない」

「すみ、……」

穏やかに窘《たしな》められて口を噤《つぐ》むと、礼央が小さく笑い、塚本もつられて微笑む。

その雰囲気から、二人の親密さが伝わってきた。

礼央は昔から言葉数が少ないけれど、不思議なくらいに人が寄ってくる。

そして、そんな礼央を見ていると、コミュニケーションとは会話がすべてではないのだと改めて思い知らされる。

そもそも、礼央がこうでなかったなら、自分たちが友人として成立していたかどうかも怪しい。

爽良がついぼんやり考えていると、塚本が首をかしげた。

「もし迷惑でなければ、隣に座っても？」

「も、もちろんです……！　というか、実は塚本さんからお話を伺いたくて、お待ちしていました」

「おや。私に？」

頷くと、塚本は横の椅子に腰掛け、手にしていた文庫本をテーブルに置いた。

爽良はいまだ戸惑いを残す心を無理やり落ち着かせ、塚本を見つめる。

「実は、昔の御堂さんがどんな感じだったのかを知りたくて」

「吏《つかさ》くん……？」

「はい。ここに住みはじめた当時とか……」

かなり唐突な質問だったけれど、塚本はとくに訝《いぶか》しむこともなく、過去に思いを馳《は》せるように遠い目をした。

「住み始めた頃となると、十年くらい前だなぁ……。記憶はかなり曖昧《あいまい》だけれど、まあ、今よりは少しとっつき難《にく》い雰囲気はあったかもしれないね」

「とっつき難い……？」

「口数も少なかったし、あまり笑うこともなかったからね。どこか人を近寄らせない雰囲気を持っていて、たびたび思い詰めているような感じもしたなぁ」

「……ずいぶん変わったんですね」

それは、正直な感想だった。

「言われてみれば、すっかり角が取れたかもしれないね」

塚本も同意し、懐かしそうに笑う。

現に、爽良が御堂と初対面のときは、むしろ軽薄で適当な印象を持ったし、少なくともとっつき難いとは思わなかった。

「変わったのは、やっぱり庄之助さんの影響なんでしょうね……」

そう口にしながら、なんだか不安を覚える。

なぜなら、庄之助はもうこの世にいない。

しかし、塚本は首を縦には振らなかった。

「最終的には、自分の心次第だと思うけどね。人の影響だけでは、そうそう変われないよ」

「そう、でしょうか」

「まあ誰と過ごすかも、きっと重要な要素だけれど。そういう意味では、今は爽良さんが来てくれたし、彼は大丈夫だね」

その優しい微笑みが、逆に心に影を落とす。

自然に溜《た》め息が零《こぼ》れた。

「……私はむしろ、御堂さんを苛立《いらだ》たせてばかりです。庄之助さんの代わりなんて、とても……」

卑屈な言い方をしたつもりはなかったけれど、礼央からの視線を感じ、爽良はふと我に返る。

けれど、今さらどうすることもできなかった。

ふいに流れる、落ち着かない沈黙。

しかし、突如塚本が笑い声を零した。

「人生の経験値で比べるなら、そうかもしれないが」

まるで過去を懐かしんでいるかのような、穏やかな口調だった。顔を上げると、塚本が優しく目を細める。

「君はとてもよく似ていると思うよ。庄之助さんに」

「私が、ですか……？」

「もちろん見た目の話じゃなく、――いや、これ以上は自分で気付いた方がいいね。その方が納得がいくだろうから」

肝心な部分は教えてくれなかったけれど、不思議と、心が少し軽くなったような感覚があった。

「……ありがとうございます」

お礼を言うと、塚本は頷き、ゆっくりと立ち上がる。

「さて。せっかくだからコーヒーでも飲まないかい？　そういえば、とてもいい豆を貰《もら》ったんだった。部屋に戻って取ってくるよ」

「私もご一緒していいんですか？」

「もちろん」

「じゃあ俺、準備しておきますね」

「ありがとう」

礼央と塚本の自然なやり取りが、二人の日常風景を想像させた。

爽良は、礼央まで鳳銘館に引っ越させてしまったことをずっと気にしていたけれど、礼央もまた、少しずつここに根を張っているのだと思うと、不思議な気持ちになる。

「爽良、手伝って」

「……うん」

自分も礼央と同じように、ここにきちんと根付いて見えているだろうか。

礼央の背中を追いながら、爽良はふと心の中で自問自答した。

＊

体調の悪さを自覚したのは、塚本と話した翌日の朝。

思い返せば、しばらく前から体が少し怠《だる》かったし、寝ても疲れが取れないような感覚があった。

ただ、日々気温が乱高下するこの時期の不調は、爽良にとってさほど珍しいことではない。

だから、今回も季節のせいだと思い込み、あまり気に留めていなかった。

ようやく風邪だと認識したのは、ベッドから起き上がるやいなや目眩《めまい》を覚えて床に座り込んだ瞬間のこと。

しかし、おそるおそる測ってみた体温は三十七度と微熱だった。予想よりもずっと軽症で、爽良は迷った挙句、風邪薬を飲んで支度をはじめた。

幸い、一度動き出してしまえば仕事に支障をきたす程の不調はなく、爽良はいつも通り玄関ホールの掃除に取りかかる。

すると、そのとき。

「爽良ちゃん」

上から声をかけられ、見上げると、階段を下りながら小さく手を上げる御堂と目が合った。

「御堂さん、おはようございます」

「おはよう」

いたっていつも通りの挨拶だが、明らかに、以前にはなかった壁のようなものがある。紗枝《さえ》を取り戻して以来ずいぶん薄くはなったものの、著しく損ねてしまった信用を回復するまで、おそらくこの壁が消えることはないのだろう。

そんなことを考えている間にも御堂は一階まで階段を下り、西側の廊下へ向かいながら、爽良に手招きをした。

「ちょっとだけ時間いい？　相談があって」

「あ、はい。大丈夫です」

滅多にないことに驚きつつ、爽良は壁にモップを立てかける。

御堂は廊下を進んで談話室に入ると、ソファに腰掛けて、爽良を向かいに座るよう促した。

そして。

「実は、ここに住みたいって言ってる子がいて」

唐突な第一声に、爽良はポカンと御堂を見上げる。

「ここに……？」

「そう、入居希望」

「あ、……は、はい入居……入居？」

忘れていたわけではないが、入居希望という言葉を聞くと、ここが賃貸アパートであるという事実を改めて認識する。

わかりやすく動揺した爽良に、御堂は苦笑いを浮かべた。

「まあ滅多にないことだから、気持ちはわかるけど」

「す、すみません……。それであの、どういった方でしょうか……」

戸惑いながらも、さっきの御堂が口にした「住みたいって言ってる子」という気安い表現から、おそらく知り合いだろうと察していた。

御堂は眉《まゆ》を顰《ひそ》め、背もたれに背中を預ける。そして。

「二十六歳の女性で、名前は、……御堂碧《あおい》」

「御堂……？　っていうことは」

「そう。俺の従妹《いとこ》」

やはりと、爽良は思った。

さすがに血縁者とまでは予想していなかったが、想定内ではある。ただ、だとすると、御堂のどこか不本意そうな様子が妙に引っかかった。

「御堂さんの従妹でしたら、お人柄については十分ご存じでしょうし、霊感がある人間に限るっていう鳳銘館への入居条件も満たしてるんでしょうから、私からはとくになにもないですが……」

「……やっぱりそうなるよね」

「それは、まあ……。むしろ、なにか懸念があるんですか……？」

「いや……、血縁者が近くにいるって、なんとなく面倒だなって。それに、ちょっとクセの強い子だし」

「クセ？」

「いや……、いずれにしろ、断る理由にならない程度のものだよ。……なら、とりあえず形式上の面談だけ頼むね。あと、契約も」

「わかりました……」

爽良が頷《うなず》くと、御堂はあっさりと談話室を後にする。

爽良もひとまず玄関ホールに戻り、立てかけていたモップを手に取って、掃除を再開した。――けれど、碧のことを説明する御堂の歯切れの悪さや、「クセの強い子」という言葉が気になって、どうも集中できない。

結局、爽良は掃除を中断し、先に契約書の復習をしておこうと部屋に戻った。

考えてみれば、オーナーとして入居の手続きをするのは礼央以来で、実質初めても同然だった。

今になって、じわじわとプレッシャーが押し寄せてくる。おまけに、当の契約者は御堂の従妹。

御堂家の血筋で女性と聞くと、真っ先に思い浮かんだのは依《より》の存在だった。条件反射のように、額に嫌な汗が滲《にじ》む。

御堂が入居を受け入れている以上、過激な人物でないことは確かだが、いまひとつ不安が拭《ぬぐ》えなかった。

「怖い人じゃないといいな……」

無意識の呟《つぶや》きが、静かな部屋に響く。

体調があまりよくないせいか、それとも緊張のせいか、その日は、どちらともつかない動悸《どうき》がしばらく体を揺らしていた。


「——あなたが爽良ちゃん？　よろしくね、御堂碧です」

「え、あ……、御堂さん、はじめまして。鳳《おおとり》爽良と申します」

「御堂が二人だとややこしいから、よかったら碧って呼んで。こっちもいきなり下の名前で呼んじゃってるし」

「は、はあ……」

ついにやってきた面談の日。

酷《ひど》い緊張を抱えて臨んだものの、約束の時間に一人でやってきた碧は、とても気さくな女性だった。

まるで付き合いの長い友人に見せるかのような砕けた笑みを見て、爽良はほっと息をつく。この、初対面とはとても思えない気軽さは、出会った頃の御堂や依を彷彿《ほうふつ》とさせた。

ついでに言えば、桁外《けたはず》れに整った見た目もまた三人の共通点であり、これは御堂家の血筋だろうと爽良は思う。

碧はとにかく目鼻立ちがはっきりとしていて、眉上でまっすぐに切り揃えられた前髪が、目の大きさをより強調していた。

さらに、オレンジ色の派手なシャツをさらりと着こなす姿は、スラッと高い身長も相まって、たとえファッションモデルだと紹介されてもなんの違和感もない。

下ろした黒髪もまた美しく、隙間から見える大きなピアスには、存在感を超えてもはや迫力すら感じられた。

総じて普段の爽良なら萎縮《いしゅく》してしまいそうな見た目だけれど、それらすべてを、人懐っこい笑みとくだけた口調が和らげている。

「そ、それでは、談話室にご案内しますね。そこで、軽く説明を……」

「ありがと。……というか、敬語やめない？　私、堅い感じがどうも苦手で」

「い、いえ、それは……！　わ、私はこの方が慣れているので……。ただ、私への敬語は必要ありませんから、話しやすいようにしていただけると……」

「そっかー、わかった。じゃ、そーする」

「ぜ、ぜひ……」

人見知りの爽良にとって、敬語をやめてほしいという要望は逆に困る。

あっさりと引き下がってくれたことにほっとしていると、碧は申し訳なさそうに笑った。

「変なこと言ってごめんね。実は、昔から敬語が本当に苦手で。手伝ってるお寺の住職から、誰にでも馴《な》れ馴れしくするなっていつも怒られるの。だから、普段は余計に自然体でいたくて」

碧は自嘲《じちょう》気味にそう言うが、碧の口調はまさに自然体で、馴れ馴れしいというよりも、ただただ純粋に明るい。

そういう面に限っては、御堂や依よりも、礼央の先輩の晃《こう》に近いものがあった。

「では、こちらへ……」

ともかく、面談に支障が出ない程度に緊張が解けた爽良は、早速碧を談話室に通しソファを勧めると、あらかじめ準備していた紅茶を出す。

「わぁ、いい香り。住職は緑茶しか飲まないから、新鮮……！」

新鮮と言ってはいるが、香りを嗅《か》ぐ仕草は妙に様になっていた。ついぼんやり見惚《みと》れていると、碧がこてんと首をかしげる。

「顔になんかついてる？」

「い、いえ……！　というか、さっきも住職っておっしゃってましたけど、お寺って、御堂さんのご実家の善珠院のことですか……？」

爽良は慌てて誤魔化し、咄嗟《とっさ》に思いついた質問を投げかけた。

しかし。

「ううん、違うよ。……あれ？　吏から聞いてない？　私、神上寺《じんじょう》っていう世田谷《せたがや》のお寺の手伝いをしてるの」

返ってきたのは、予想とは違う答えだった。

「そうだったんですね……、すみません」

「謝ることないよ。身近にあんな立派なお寺があるのに、他所《よそ》を手伝ってるなんて誰も思わないだろうし」

碧はそう言うけれど、爽良にはそれが不自然なことなのかどうかを判断する基準がなく、曖昧《あいまい》に首をかしげる。

すると、碧はカップをテーブルに置き、スッと背筋を正した。

「どうやら吏はなんにも話してくれてないみたいだから、まずは簡単に自己紹介するね。私、仏教系の大学を出たんだけど、実はフリーでやってるグラフィックデザインの方が本業で、お寺の方はあくまでただの手伝いなの」

「なるほど……。他に本業を……」

正直爽良は、仏教系の大学というのは、実家がお寺だったりなど、お坊さんになることが確定している人が進学する学校だと思い込んでいた。

だから、お寺の方はただの手伝いであるという話には、かなり衝撃を受けた。

一方、近年は住持しながら別の活動をする住職のSNSなんかがたびたび話題になっているし、意外と普通のことなのかもしれないという思いもある。

とはいえ、碧が本業と口にしているのは、寺ではなくグラフィックデザインの方。となると、わざわざ親戚《しんせき》でもない寺を手伝うに至った経緯が気になるが、さすがに詮索《せんさく》しすぎな気がして尋ねることはできなかった。

しかし。

「ちなみに、お寺を手伝っているのは親の意向だよ。私は正直どうでもいいんだけど、親の方にはいろいろと思惑があるみたいで」

碧はよほど察しがいいのか、もしくは問われ慣れているのか、口にしてもいない爽良の疑問の答えをあっさりと口にした。

「そう、なんですね……」

「ひと言で言えば、振り回されてるというか。振り回されてあげているというか」

「なる、ほど……？」

「あ、ごめん、困らせちゃった。それより私、ここに住んでも大丈夫そう？」

確かに反応に困ってはいたが、いきなり本題に戻されると、それはそれで戸惑う。爽良は慌てて首を縦に振った。

「そ、それはもちろんです。というか、御堂さんのご紹介って時点でなんの問題もありませんし」

「よかった、嬉《うれ》しい！　ねえ、早速空き部屋見せて！」

碧は表情をパッと明るくし、爽良の手を両手で握る。

見事な切り替えの速さに狼狽《うろた》えながら、この振り回し方はやはり晃を彷彿とさせると、爽良は改めて思っていた。


談話室を出ると、爽良は一階から順に空き部屋を案内した。

鳳銘館の部屋の間取りは、隣同士が左右対称であること以外の違いはない。劣化具合にも大差なく、破損箇所はすべて御堂によって修復されている。

けれど、碧はすべての部屋を隅々までじっくりと観察した。

これから長い時間を過ごす部屋なのだから、もちろんそれに関して思うことはない。

――けれど。

「私、ここがいいかも！」

最後に案内した三〇七号室の戸を開けた瞬間、中も見ずにここがいいと言った碧には、さすがに違和感を覚えた。

「え……、まだ、中を見てませんけど……」

「ううん、いいの。もう絶対ここ」

「で、でも」

気に入ったのならなによりだと思いつつも、これまでにない反応に爽良は戸惑う。

そして、部屋に一歩足を踏み入れた瞬間、――ふと、以前に感じた覚えのある、不穏な気配を覚えた。

思い返せば、三〇七号室とは、前に晃が訪ねてきたときに、不穏な気配が漂っていた二〇八号室の斜め上にあたり、かなり近い。あの日は結局気配を見失ってしまったけれど、三〇七号室に移動してきた可能性も考えられる。

「でも、なに？」

「えっと……、実は、少し前に斜め下の部屋でおかしな気配を……」

隠すわけにもいかず、爽良は躊躇《ためら》いがちに伝える。

しかし、碧は顔色ひとつ変えなかった。

「ああ、そういうこと。だけど、鳳銘館でそんなこと言ってたらキリなくない？」

そう言われると返す言葉がなく、爽良は口を噤《つぐ》む。

だからといってわざわざ不気味な部屋を選ぶことはないのにとは思うが、それも含めて碧の自由だ。

「駄目？」

「いえ、駄目なんてことは……」

「じゃ、ここで決定！　いいよね？」

「わかり、ました」

もはや、頷《うなず》く他なかった。

しかし、廊下を戻りながらふと頭を過《よぎ》ったのは、碧が鳳銘館に住むことを渋っていた御堂の様子。

「そういえば、隣の三〇八号室は御堂さんの部屋ですが……」

それはあくまでただの報告であり、とくに考え直してもらおうという意図はなかった。

しかし、思いの外、碧はわかりやすく顔をしかめる。

「うわ……、嘘でしょ……。それはなんていうか、だいぶきつい……」

どうやら、二人は互いに似たような感情を持っているらしい。想像以上の反応に、爽良は驚く。

「やっぱりやめますか……？」

「えー……、うーん……、吏か……、うわぁ……」

「あの、ゆっくり迷っていただいても」

「いや……、大丈夫……」

結局、変更こそしなかったものの、碧のテンションは明らかに下がっていた。

霊の気配よりも御堂の存在の方が迷う理由になったことは、不思議でもあり、内心少し面白くもある。

そして、軽い拒絶をし合っているものの、二人の関係に対してとくに不安はなかった。

そもそも、鳳銘館に住みたいと自ら希望している以上、険悪な関係でないことはわかりきっている。

むしろ、いったいどういう関係性なのか興味が湧いた。

「では、三〇七号室へ入居するための契約を進めてもいいですか？」

「うん！　是非！　うわ、引っ越しいつにしよう」

契約の話をすると、碧はふたたびご機嫌になり、弾むように廊下を歩く。

綺麗《きれい》な見た目とはチグハグな無邪気さが、なんだか可愛らしい。

ふと気付けば、爽良は鳳銘館に吹く新しい風を少し楽しみに感じていた。


契約を終えた碧が帰った直後、タイミングを計ったかのようにフラッと帰ってきた御堂に、爽良は今日のことを報告した。

予想通りというべきか、御堂は碧が隣の部屋を選んだことに対して、かなり不満げだった。

しかし、三〇七号室で感じた霊の気配について懸念を伝えると、「碧は別に放っておいて大丈夫」と一蹴《いっしゅう》した。

おそらく、碧はそういう面での信用が厚いのだろう。

当然だとわかっていながら、無力判定されてしまった自分との差を目の当たりにしてしまい、少しだけ胸が痛んだ。

そんな中、碧から来たのは、「今週末に引っ越したい」という連絡。今週末とは、三日後にあたる。

すぐにでも住みたいという気持ちは察していたものの、そのあまりの早さには、さすがに驚きを隠せなかった。
そして、あっという間にやってきた週末。
三日で準備ができるものだろうかという爽良の心配を他所《よそ》に、碧は人に借りたという
ワンボックスカー一台でやってきて、あっさりと荷物の搬入を終えた。
大きな荷物はほとんどなく、聞けば、実家にも荷物を残していて、しばらくは行き来
するような形になるらしい。
ともかく、新規の入居というほぼ初めての業務をひと通り終えられたことに、爽良は
ほっとしていた。——しかし。
妙に落ち着かない日々が始まったのは、まさにその日から。
原因は、たびたび感じる碧からの視線。
掃除をしていても、ロンディと遊んでいても、浴室に行き来するほんの束の間の時間
すら、ふいに違和感を覚えたときは、決まって近くに碧がいた。
目が合ったところで、碧はとくに怪しい態度を見せることなく、ニコニコしながら普
通に手を振ってくる。
最初こそ考え過ぎかと思ったけれど、それにしてはあまりにも頻度が高い。
「——監視とか」
それとなく礼央に相談すると、返ってきたのは不安を煽《あお》るひと言。
「私を……？　なんのために……？」

「わかんないけど、じっと見られてるって聞くと、それ以外に思いつかないから。でも、さすがにおかしなことはしないでしょ、御堂さんの親戚《しんせき》なんだし」

「……そう、だけど」

「気にしなくていいんじゃない」

わかっていたつもりだけれど、礼央は他人に対する興味がとことん薄い。

それに加え、ここ最近はどこか素っ気なく感じる瞬間があった。

その原因を考えたとき、唯一思い当たることがあるとすれば、「なかったことにしたい？」という礼央の問いに答えられなかったこと。

ただ、その問いの答えに関しては、いまだに正解を導き出せないまま心の中に無理やり押し込んでいる。

本音を言えば、答えを出してしまうのが怖い。

それ次第で大切なものを失ってしまう気がして、下手に触れることができないでいる。

先送りはよくないとわかっていながらも、今の爽良にはあまりに荷が重過ぎて、碧の件と同様にただただ持て余していた。

そんな、スッキリしないことが多い日々の中、つい足が向くのはやはりガーデン。

ある朝、庭の掃除を終えた爽良は、そのまま吸い寄せられるかのように裏庭に向かった。

気付けば、碧が引っ越してきてはや十日が経つ。

今のところトラブルは起きていないけれど、碧からの妙な視線は相変わらず続いていた。

ただ、表向きは平和であるという状況は、逆に厄介でもある。

人に相談し辛《づら》いし、直接聞こうにも、「どうして見ているんですか」という問いはなんだか自意識過剰な気がしてならない。

爽良はガーデンチェアに腰掛け、背もたれに体重を預けた。

この場所で一人になると、不思議と安心感を覚える。

はなから一脚しかないガーデンチェアが、一人でいることを正当化してくれているような気になるからかもしれない。

子供の頃は友達がほしくて、でもできなくて、小さな心の中に、大きな寂しさと誰にも話せない秘密を抱えていた。

あの頃にこの場所を知っていたら、同じように安心していただろうかとふと思う。

ただ、意識的に忘れようとしていたせいで、幼い頃の記憶にはまだまだ曖昧《あいまい》な部分が多く、当時の自分の感情を上手《うま》く想像することができなかった。

考えているうちに次第に頭痛を覚え、爽良は手のひらで額を覆う。

体の不調は、今もなお、地味に続いていた。

とはいえ、悪化するわけでもなく、たまの頭痛や目眩《めまい》以外の症状はないし、相変わらずたいした熱も出ない。

ゆっくりと密《ひそ》やかに、体の中になにかが広がっていくような違和感だけが、常にある。

爽良はガーデンチェアの上で膝《ひざ》を抱え、土や木々の香りの中で深呼吸をした。――そのとき。

ふとなにかの気配を覚えて咄嗟《とっさ》に顔を上げると、鬱蒼《うっそう》とした草の陰から爽良をじっと見つめるスワローの姿を見つけた。

「スワロー……？」

名を呼ぶが、反応はない。

ただ、いつもならすぐに去ってしまうのに、今日は静かに座っていた。

「まさか、スワローも私を監視？」

少し卑屈な問いかけが、静かな裏庭に響く。

その瞬間、スワローがスッと立ち上がった。

なにごとかと身構える爽良を他所に、スワローは建物の方へ視線を向け、ピクッと耳を揺らす。

同時に、どこからか、人の話し声が聞こえた気がした。

「誰か、喋《しゃべ》ってる……」

呟《つぶや》くと、スワローは一度ふわりと尻尾《しっぽ》を振り、声がした方へ立ち去って行く。

いつもなら、誰かの声が聞こえたところでさほど気にすることはないが、スワローの様子になんだか胸騒ぎがして、爽良も立ち上がった。

そして、建物の東側を通って表に回り、間もなく庭に差し掛かる、寸前。

「——から、放っておけって」

少し苛立《いらだ》ちの滲《にじ》む声が聞こえ、爽良は反射的に木の陰に身を隠した。

こっそり覗《のぞ》くと、視線の先に見えたのは、植え木の剪定《せんてい》をしている御堂と、その横に立つ碧。

会話の内容はほとんど聞こえないが、遠目にも、あまり穏やかな雰囲気でないことはわかる。

さっき裏庭まで届いた声がどちらかのものならば、かなり声を荒らげていた可能性も高い。

その予想を裏付けるかのように、ロンディが御堂と碧の間を不安げにウロウロしていた。

これは見るべきじゃないと思うものの、今さら立ち去ることもできず、せめて見つからないようにと爽良は身を縮める。

すると、二人はさらに二、三の言葉を交わし、やがて御堂が急に手を止めたかと思うと、雑に道具を抱え上げて碧から離れて行った。

どうやら、二人の会話は平和な終結に至らなかったらしい。

ロンディがクゥンと鳴き、碧はやれやれといった様子で肩をすくめる。そして。

「……やだなぁ、盗み見？」

いきなり碧の視線が自分に向けられ、爽良はビクッと肩を揺らした。

もはや誤魔化しようがなく、観念して木の陰から出ると、碧は可笑《おか》しそうに笑う。

その笑い声に安心してか、ロンディもパッと表情を明るくし、勢いよく爽良に飛びかかってきた。

爽良はその大きな体をかろうじて抱きとめ、首元を撫《な》でる。

そして、碧に向かってぺこりと頭を下げた。

「……すみません、声が聞こえて、つい」

「いやいや、別に謝んなくていいよ」

「で、でも、内容までは聞こえてないので……」

「大丈夫だってば、そもそもこんなところで聞かれてマズイ話なんてしないから。……っていうか、爽良ちゃんも一緒にロンディと遊ばない？」

「え？……あ、……はい」

この微妙に噛《か》み合わない感じは、少しだけ依を彷彿《ほうふつ》とさせる。

ただ、いかにも裏のなさそうな笑みのせいか、依といるときのような、言い知れない不安を覚えることはなかった。

碧は地面に転がっていたゴムボールを手に取ると、庭の端まで移動して投げる仕草をする。

ロンディが耳をぴんと立て、碧の手元に集中した。

「爽良ちゃん、そっちに投げるから取って！」

楽しげな声とともに、碧の手からゴムボールが放たれる。

山なりに飛んだボールは爽良の手にすっぽりと着地し、駆け寄ってきたロンディが嬉《うれ》しそうに尻尾を振った。

「……じゃあ、今度はあっちに投げるね」

爽良はふたたび碧に投げ返そうと、ロンディの前にボールを掲げる。しかし。

「――さっき、爽良ちゃんのことを話してたの」

突如、碧がさもなんでもないことのようにそう口にし、爽良は硬直した。

「え……？」

驚き視線を向けると、碧は不満げに眉《まゆ》を寄せる。

「てかさー、あの人、ほんと面倒臭い性格してるよね」

「あの、私の話、って……」

たちまち不安が込み上げ、もはやボール投げどころではなかった。

ロンディが待ちきれないとばかりに爽良の手からボールを抜き取り、地面に寝そべり牙《きば》を立てる。

「だってさ、どういう立ち位置なのかわかんなくない？」

「立ち位置……？」

「……いや、なんだかんだで甘いのか」

「あの、碧さん……！」

碧の言い方がじれったくて、思わず声が大きくなった。

ロンディが動きを止め、不安げに爽良を見上げる。

ただ、いったいどんな話をしていたのかという肝心な問いは、喉《のど》に引っかかったまま声にならない。――そして。

「爽良ちゃん……？」

突如、視界がグラリと揺れた。

全身から力が抜け、なにが起きたのかわからないまま、爽良は芝の上にがっくりと膝をつく。

一瞬遠のいた意識を無理やり繋《つな》ぎ止めたけれど、頭は朦朧《もうろう》としていて、上手く回らなかった。

「ちょっと……！　大丈夫……？」

慌てて駆け寄ってきた碧に背中を支えられ、爽良はかろうじて頷《うなず》く。

「少し前から、体調不良が続いていて……」

「体調不良……？」

「たいしたことないんですけど、ときどき目眩《めまい》が」

「…………」

心配させまいと笑ったつもりだったけれど、碧は深刻な表情を浮かべていた。やがて目眩も落ち着き、爽良はゆっくりと立ち上がる。

「心配かけてすみません、……今日は部屋に戻りますね」

「そうだね……。送るから、摑《つか》まって」

「そんな、大丈夫ですから」

「いや、――大丈夫って言わないよ、それ」

碧の言葉がやけに意味深に聞こえたけれど、そのときの爽良には、それを追及する程の余裕はなかった。

結局、爽良は碧の厚意に甘えて部屋の前まで肩を借り、ぺこりと頭を下げる。

「本当にすみませんでした」

「ううん、……苦しいよね」

「いえ、もうずいぶんマシになって……」

「でも部屋にいてね。……今日はずっといて。絶対。約束」

「は、はい……」

その念押しにはさすがに違和感を覚えたけれど、碧は爽良を部屋に押し込むと、強引に戸を閉めてしまった。

爽良はベッドに倒れ込み、さっき見せた碧の表情を思い返す。

「なんか、不思議な人……」

ふと零《こぼ》した不思議という表現は、言い得て妙だと思った。

不信感を持っているわけではないが、普段たびたび向けられる視線に関しても、さっきの少し大袈裟《おおげさ》に思える心配ぶりも、いまひとつ理由がわからず謎が多い。

「そういえば……、御堂さんとなにを話してたか、聞けなかったな……」

呟《つぶや》きながら目を閉じると、ふいに、強い睡魔に襲われた。

自覚する以上に無理が祟《たた》っているのかもしれないと、爽良は布団を手繰り寄せて潜り込む。

意識を手放すまでは、あっという間だった。


昨日しっかり休養したお陰か、朝起きるとずいぶん回復していて、爽良はいつも通りに支度をして部屋を出た。

そして、昨日のお礼を言うため、ひとまず三階の碧の部屋へ向かう。

しかし、すでに出かけてしまったのか、ノックをしても反応がなかった。

仕方なく廊下を戻って階段を下りると、ちょうど下の階から上がってきた御堂と鉢合わせる。

「……御堂さん、おはようございます」

つい昨日の光景を思い出し、込み上げる動揺を抑えながら挨拶《あいさつ》すると、御堂は爽良の正面で立ち止まった。

「おはよう。……大丈夫？」

「え？」

「具合が悪そうだって碧が騒いでたから」

その心配そうな表情を見た途端、身構えてしまった自分に罪悪感を覚える。どんなに壁が厚かろうが、御堂は今も申し分なく優しくしてくれるのにと。

「たいしたことないのに、お騒がせしました……」

「いや、無理しない方がいいよ。掃除ならもう終えちゃったから、今日はゆっくりしたら？」

「掃除、代わってくださったんですか？……すみません、仕事を増やしてしまって……。でも私、本当にもう大丈夫なんです……！」

「そっか。じゃ、ロンディと遊んでやってよ。退屈そうにしてたから」

御堂の言い方から察するに、どうやらほとんどの仕事は終えているらしい。仕方なく頷くと、御堂は階段を上がっていく。

なんだか複雑な気持ちになり、爽良は小さく溜《た》め息をついた。

その後、言われた通り庭に向かうと、ロンディより先に爽良を迎えたのは、紗枝だった。

紗枝は、空き家から連れ帰った直後こそ気配が少し荒れていたけれど、今はもうずいぶん落ち着き、現れる頻度が極端に減った。

寂しいけれど、御堂いわく魂が癒《いや》されている証拠らしい。なにより、依のように魂を利用しようとする人間が存在することを知った今、不用意に出てきてくれない方が爽良としても安心だった。

「紗枝ちゃんも一緒に遊ぶ？」

問いかけると、紗枝は目を輝かせて大きく頷く。そして、水色のワンピースの裾《すそ》を揺らしながら駆け寄ってきた。

紗枝の登場がよほど嬉《うれ》しいのか、ロンディは高揚を抑えられないとばかりに爽良たちの周りをぐるぐると回る。

しばらく相手をしたものの一向に落ち着く気配がなく、結果、爽良は紗枝も連れてロンディを散歩に連れ出すことにした。

朝の空気はひんやりとしていて、季節が冬へ向かう気配を感じさせる。

普段ならなんだか寂しくなってしまうような心地だけれど、右手にロンディのリードを持ち、左手で紗枝の小さな手を握っての散歩は、癒しの時間だった。

爽良たちはなるべく人通りの多い道を避けて駅を通り過ぎ、小さな公園で一旦《いったん》休憩する。

ロンディが機嫌良さそうに尻尾《しっぽ》をくるんと巻き、ベンチに座る爽良たちの足元に寄り添った。

「昨日はあまり遊べなくてごめんね」

話しかけると、ロンディは爽良を見上げて尻尾を大きく振る。

まるで笑っているかのような表情が、爽良を安心させた。

しかし、そのとき。

突如、ロンディが耳をピクリと動かし、視線を彷徨《さまよ》わせる。

同時に、紗枝が纏《まと》う空気もわずかに緊張を帯び、爽良の腕をぎゅっと掴む。

「どうしたの……？」

話しかけても、集中しているのか反応はない。どうやらなにかを警戒しているようだが、爽良にはなにも感じ取れなかった。

「とりあえず、ここから離れる？」

立ち上がると、ロンディは少し戸惑ったようにクゥンと鳴く。そのどっちつかずな反応に、爽良は首をかしげた。

ふと気付けば紗枝の姿はすでになく、じわじわと、嫌な予感が膨らんでいく。

「帰ろう……？」

爽良はロンディのリードをそっと引いた。

ロンディはソワソワしながらも歩き出し、公園を出ると爽良と一度目を合わせ、駅の方向へと向かう。

ロンディが進む方へ従って歩くと、間もなく代官山《だいかんやま》駅の入口が見えた。

すると、ロンディは突如足を止め、不安げな表情を浮かべる。

「なにか見つけた……？」

尋ねながら、なんだか心がざわめいていた。ただ、駅前は人の往来が激しく、ロンディがなにに反応したのかよくわからない。

爽良は姿勢を下げ、ロンディの視線の方向を確認した――瞬間。

心臓が、ドクンと大きな鼓動を打った。

「あれ、って……」

視線の先に見えたのは、二つの人影。

片方は、碧。そしてもう片方は、ツヤツヤの長い巻き髪に華奢《きゃしゃ》なシルエットが特徴的な、依の後ろ姿だった。

たちまちさまざまな記憶が頭を巡り、指先が震えた。

距離は十分離れているけれど、爽良は咄嗟《とっさ》にリードを引いて物陰に隠れる。

これ以上ないくらいの緊張を抱えながらも、爽良は、ロンディが酷《ひど》く戸惑っていたことや、紗枝がなにも言わずに姿を消したこと、そして爽良にはなんの気配も感じられなかった理由に納得していた。

みるみる鼓動が速くなっていく中、爽良は二人の様子をこっそりと観察する。

会話はもちろん聞こえないが、依は遠目で見ても身振り手振りが激しく、なんだかはしゃいでいるように見えた。

一方、碧の方は無表情で、腕を組んだまま身動きを取らない。

このちぐはぐな雰囲気は、以前に見た、依と御堂の間に流れる空気に少し似ていた。

少し冷静になって改めて考えてみれば、碧と依もまた従姉妹《いとこ》同士にあたり、二人に交流があってもまったく不自然ではない。

ただ、二人の様子からか、もしくは爽良が勝手に持っているイメージのせいか、依が碧になんらかの要求をしているような邪推をしてしまう。

もしその予想が当たっていたらと思うと、恐ろしくて背筋がゾッと冷えた。

依はやたらと鳳銘館に執着しているが、現在は御堂によって出入りを禁じられている。

しかし、もし碧を思い通りに動かせるのならば、依が望むことはなんだって叶《かな》えられるだろう。

嫌な想像がみるみる膨らみ、ついには、碧の引っ越しもすべて依の指示だったのではとまで考えてしまって、爽良は慌てて首を横に振った。

そもそも、そんな懸念が少しでもあるならば、御堂が碧に鳳銘館への入居を許すとは思えない。

とはいえ、御堂と碧の間に流れていた穏やかとは言い難い空気や、碧から爽良にたびたび向けられる不自然な視線を、よくない方に解釈することもできる。

考える程に、頭の中は不安でいっぱいになった。

しかし、そのとき。

ふいに碧が依に背を向けてその場を離れ、同時に「碧ちゃん!」と、依の不満げな叫び声が響く。

碧は一度振り返って手を振り、依はその後ろ姿をしばらく見つめていた。

結局、爽良には、二人がいったいどういう関係性なのかを察することができなかった。

一つだけわかるのは、実の兄である御堂が会おうと思っても簡単には会えない依に、碧はこういう駅前なんかで、さも気軽に会えるということ。

あくまで予想だけれど、碧は、少なくとも御堂よりは依と距離感が近いような気がした。

「なんの話してたんだろう……」

呟《つぶや》くと、ロンディが不安げに瞳《ひとみ》を揺らす。

やがて依は携帯を操作し、それから数十秒も経たないうちに黒塗りの車が到着したかと思うと、後部シートに乗り込んでその場を去った。

やたらと物々しい雰囲気の車に、さらに邪推が広がる。しかし、ロンディの寂しげな鳴き声で、すぐに我に返った。

「……帰ろうか」

無理やり笑みを繕うと、ロンディは一度だけ大きく尻尾を振る。さっきまで強張《こわば》っていた表情が少し緩んでいるところを見ると、よほど依のことが苦手なのだろう。

自分も同じ気持ちだという思いを込め、爽良はその頭をそっと撫《な》でた。

その日はどこか落ち着かない気持ちで過ごしたものの、碧に会うことはなかった。

とはいえ、会ったところでなにをどう尋ねればいいかもわからず、気配がないことにほっとしている自分もいた。

あまりに考えすぎたせいか気付けば頭がいっぱいで、爽良は一旦落ち着こうとガーデンへ向かう。

ガーデンチェアへ座ると、枝の上に数羽の小鳥の姿が見えた。

気付けば、このガーデンチェアの座り心地も、見える景色も、すっかり体に馴染《なじ》んでいる。

ここでぼんやりしていると、ずっと前からここが自分の居場所だったかのような錯覚すら覚えた。

爽良は背もたれに体を預け、無意識に碧と依のことを思い浮かべる。

しかし、朝から同じことばかり考えていたせいか、途端に疲労感に襲われ、慌てて首を横に振った。

目線の先では、少しずつ小鳥が数を増やし、忙《せわ》しなく巣箱への出入りを繰り返している。

一方、一番近い場所にある巣箱には、相変わらず気配がない。

「もう少し慣れたら、ここにも近寄ってきてくれるのかな……」

呟くと同時に数羽の小鳥が枝から飛び立ち、爽良は慌てて口を噤《つぐ》む。

見上げれば、空の端がかすかに赤く染まりはじめていた。

この癒しの場所も、日が沈めば大きく表情を変える。暗くなる前に戻らなければと思うものの、疲れのせいか、体がガーデンチェアに吸い付いてしまったかのように、立ち上がる気力が湧かなかった。

もう少しだけ、と。

爽良は目を閉じ、ゆっくりと深呼吸をする。――しかし、突如抗《あらが》えない程の強い眠気に襲われた。

考える隙も与えられないまま、意識はあっという間に深いところへ沈んでいく。

完全に途切れてしまう寸前、頭の奥の方で、誰かの小さなうめき声が聞こえたような気がした。

目を覚ますと、辺りはもう真っ暗だった。

爽良はなかなか覚醒《かくせい》しない頭で、眠る前の記憶を辿《たど》る。

曖昧《あいまい》ながらも覚えているのは、異常な眠気に襲われたこと。

なんだか、嫌な感じがした。

ただでさえ、この時間の裏庭にはよくない気配が多い。爽良は部屋に戻るため、立ちあがろうとした――けれど。

体は石のように固まったまま、ビクともしない。

金縛りだと察した瞬間、額にじわりと汗が滲《にじ》む。同時に、体の奥から突き上げてくるような酷い頭痛に襲われた。

それは、最近の爽良を悩ませている日常的な症状でもあるけれど、痛みの度合いがいつもとは比にならない。

なにもこんなときにと、爽良は痛みの波が過ぎるのを待つ。

しかし、痛みは治まるどころかさらに悪化し、こめかみが脈打つ程の疼《うず》きにふわっと意識が遠退《とおの》いた――瞬間。

体の奥の方で、なにか禍々《まがまが》しいものが蠢《うごめ》くような不気味な感触を覚えた。

自分になにが起きているのかわからず、得体の知れない恐怖に頭痛すらも曖昧になる。

ただ、度を超えた不安は、逆に思考を冷静にさせた。

痛みで手放しかけていた意識が、今はまずいという焦りに駆られて一気に引き戻される。

しかし、そのとき。

体の中でふたたびなにかが大きく蠢き、それと同時に爽良の体もビクッと不自然に跳ねた。

あまり考えたくはないが、どうやら自分の体の中になにかがいるようだと爽良は察する。

似たような経験をしたことは一度もないけれど、もしかしたら、〝憑《つ》かれている〟とはまさにこんな状態を指すのかもしれないと、妙に冷静に考えている自分がいた。

そんな中、爽良の体の中で暴れる何者かは、みるみるその勢いを増していく。

まるでその動きに連動するかのように、頭が激しく疼いた。

ふと、爽良をしばらく悩ませていたこの頭痛は、憑かれたことに対する体の拒絶反応だったのではないかと思い当たる。

もっと早く疑っていればと後悔したけれど、もはや手遅れだった。

そもそも、爽良にとってさほど珍しくもない症状に違和感を覚えるなんて、あまり現実的ではない。

そんなことを考えている間にも、体の中は冷たく禍々しい気配で満たされていく。

いずれは体を完全に支配されてしまうのだろうかと、ふと、恐ろしい予想が過《よぎ》った。

しかし、抵抗しようにも、体はもはや爽良の意志を完全に無視している。

どんな霊の仕業かはわからないし、思い当たることもない。けれど、頭痛を感じはじめた頃が始まりだとするなら、爽良の体はあのときからゆっくり時間をかけ、密《ひそ》かに蝕《むしば》まれ続けていたのだろう。

心の中には、弱気な気持ちがじわじわと広がりはじめていた。

しかし、そのとき。

唐突に頭に浮かんできたのは、以前御堂が爽良に見せた冷たい表情。

さらに、「自分なら、救えるとでも思った？」という、あれ以来何度も頭を巡っている言葉が、鮮明に蘇《よみがえ》ってきた。

思い出すたびに打ちのめされ、どれだけ苦しんだかもはや数えきれない。

けれど、こんなことを繰り返しているようでは言われて当然だという思いが、極限状態の爽良をさらに追い詰めていく。

もう二度と、あんな思いをしたくなかったのに、と。

絶望が、残り少ない気力を容赦なく奪う。

しかし、その一方、——それとは真逆の強い思いが心の隅に生まれた、確かな手応《てごた》えを覚えた。

ここで終わっては駄目だと、自分は変わらなければならないと、憤りに近い思いがじわじわと熱を上げていく。——そして。

「……これ、以上、好きにされ、たら」

ふいに声が出て、試しに体に力を入れてみると、指先がかすかに動いた。

体の中の気配が、それに反応するように大きく蠢く。けれど、金縛りが解けかけているという希望が、恐怖を曖昧にした。

「お願い、だから……、出て……行って……」

爽良は最後の気力を振り絞り、震える声で必死に訴える。

ひと声出すごとに体の中でなにかが暴れる不気味な感覚は、耐え難くおぞましいものがあった。

けれど。

「庄之助、さん……」

なかば無意識に庄之助の名を口にした瞬間、――ずるりとなにかが抜け出るような感触を覚える。

同時に、体がふわっと軽くなった。

急なことに体がついていけず、爽良は激しく咳《せ》き込む。

気付けば金縛りはすっかり解け、体を支配していた気配も嘘のようになくなっていた。

どうやら体から追い出すことができたらしいと、爽良は察する。ただし、事態が好転したわけでないことは、酷《ひど》く張り詰めた周囲の空気が物語っていた。

現に、気温はみるみる下がっていて、吐いた息は白く広がる。

ふたたび恐怖が膨らんでいく中、こんなにも大きな存在感を放つ者が体の中に潜んでいたのかと、信じられない気持ちだった。

爽良はおそるおそる周囲に視線を彷徨《さまよ》わせる。

少し暗闇に慣れた目に、木々が枝を揺らすシルエットがぼんやりと映った。しかし、それ以外はなにも見えず、禍々しい気配だけが間近で存在感を主張している。

これだけ異様な気配を放っていれば、間もなく御堂や礼央が気付くだろう。

けれど、そのときの爽良には、ただ大人しくそれを待つという発想はなかった。

御堂たちのような経験値の高い人間からすれば些細《ささい》なことかもしれないが、体に巣くっていた何者かを自分で追い出すことができたという事実が、爽良の感情を高ぶらせている。

私は、――庄之助さんみたいになりたい。

強く切実な願いが、まるで爽良を後押しするかのように、心の中に大きく響いた。

そのとき。

ふいに、ギシ、と木がしなる音が響く。

音の出どころは明らかに上で、爽良はおそるおそる頭上に目を向け、――そのまま硬直した。

震えの止まらない体と鼓動を速める心臓が、薄暗い中、ずいぶん高い場所にいきなり現れた異常な存在を警戒している。

「あな、たは……」

口を開くと、湿気を含んだ不快な空気がゆらりと揺れた。

「どうして、……私を、狙うの」

語尾は弱々しく震えていた。

それでも、心が折れたら終わりだと、爽良は必死に自分を奮い立たせる。――すると。

突如、ギシ、という音と共に、影がずるりと高度を下げた。そして、爽良からほんの数メートル上で一度動きを止める。

それは、不安定にゆらゆらと動いていた。

まるで上から吊《つ》るされているようだと考えた瞬間、嫌な想像が頭の中にじわじわと広がっていく。

そんな中、影はさらに揺れながら少しずつ下がり、やがて、爽良と一メートル程の距離を残してぴたりと動きを止めた。

伝わってくる気配はおぞましく、離れなければ危険だと思うものの、恐怖で体が思うように動かない。

気配に当てられて仰《の》け反ると、ガーデンチェアの冷え切った背もたれが爽良の首に触れた。

氷のような冷たさが、わずかに心を冷静にさせる。

しかし、突如、影の一部がかすかにピクリと動き、――その瞬間、爽良は、目の前に現れた者の全貌《ぜんぼう》を察してしまった。

これは、自殺者の霊だと。

人が上から吊り下がっているという事実がなにを意味するかは、深く考えるまでもなかった。

下の方で揺れているのは、おそらく脚。そのすぐ上では長いスカートの裾《すそ》が揺れ、さらに上にだらんと下がる左右の腕が見える。

もっとも高い場所では長い髪が靡《なび》く様子がはっきりと見て取れ、――その影全体が、一本のロープで高い枝と繋《つな》がっていた。

はっきり認識すると同時に、全身が強張《こわば》る。

ただ、そのときの爽良の心を占めていたのは、恐怖だけではなかった。

枝からだらりと吊り下がる姿があまりにも悲しく、同情や苦しさや、表現し難いさまざまな感情が溢《あふ》れて止まらない。

一方、女性の霊から伝わってくるのは、深い無念や恨みや、自分を強引に追い出した爽良に対する憤り。

同情している場合ではないはずなのに、その姿を前にすると、胸がどうしようもなく痛んだ。

そうこうしている間にも、女の体はギシ、と音を立ててさらに爽良に迫る。冷えきった空気が揺れ、すでに感覚が麻痺《まひ》した肌を撫《な》でた。

やがて、女は両腕をゆっくりと前へ伸ばす。

それは、まるで壊れた機械のようにガクガクと揺れながら、少しずつ爽良へと迫ってきた。

おそらく、もう一度体の中に入ろうとしているのだろう。

抵抗しようにも、上手《うま》く身動きが取れない今の状態では、もはやできることなどなにもなかった。――けれど。

「苦しい、ですよね……」

思わず零《こぼ》れたのは、同情の言葉だった。

女の手がピクリと止まる。

「私の体は……、あげられません、けど……、もし、他にできることが、ある、なら……」

ここまで追い詰められていながら、どうしてこんな言葉が溢れてくるのか、爽良自身にもよくわからなかった。

女から反応はないが、目の前まで伸ばされた手は止まったまま動く気配はない。

「あなたが、少しでも、癒《いや》されるために……、なにか……」

もちろん、言葉でどうにかなるなんていう甘い期待など、持ってはいなかった。

期待したくとも、爽良のこれまでの人生においては、どうにもならなかった経験の方が圧倒的に多い。

現に、辺りの空気はさらに張り詰め、女から伝わる冷たい感情もみるみる濃さを増している。──しかし、そのとき。

『──苦しいだろう、下りておいで』

突如、脳裏に庄之助の声が響いた。

一瞬現実かと錯覚する程に、はっきりと。

そして、その声が聞こえた瞬間、爽良の頭にひとつの可能性が過《よぎ》る。

「あなたは……、庄之助さんと、会ったことが……」

深く項垂《うなだ》れていた女の首が、ガクンと揺れた。

やはりと、爽良は思う。

そして、この女の霊もある意味紗枝に近いのだと、——庄之助によって癒されかけていた霊の一人なのだという確信に近い推測が浮かんだ。しかし。

「だけど、庄之助さんは……」

庄之助は、もういない。

言い淀《よど》んだ瞬間、女の首がふたたびガクンと揺れた。そして、そのまま不自然な動きを繰り返しながら、少しずつ顔を上向かせる。

周囲は相変わらず暗いけれど、間近に迫った女の動きが、今ははっきりとわかる。

控えめにレースがあしらわれた、ワンピースのデザインまで。

やがて、乱れた髪が揺れた瞬間、細い顎《あご》と青黒い唇が露《あら》わになった。

さらに、大きく見開かれた二つの目が爽良を捉《とら》える。

青い血管がびっしりと走るどろんと濁った目が、暗闇の中にぼんやりと浮いて見えた。

あまりに悲惨な姿に、爽良は一瞬呼吸を忘れた。

けれど、それと同じくらい胸が苦しくて仕方がなかった。

たとえこの女の霊が紗枝に近い存在だったとしても、爽良を受け入れてくれた紗枝のような隙はどこにも見当たらない。

そもそも、庄之助にも癒せなかったのなら、自分にそれが叶《かな》うなんてとても思えなかった。

だとすれば、この女の霊が癒される方法なんて存在するのだろうかと、心に不安が過る。

気配はすでに禍々《まがまが》しく、これ以上恨みを募らせればいったいどうなってしまうのか、考えただけで怖ろしい。

いずれは、それこそ爽良が昔から逃げ続けてきたような、人の命を脅かすだけの存在になってしまう可能性も十分にある。

なんて悲しい末路だろうと、胸が苦しくなった。

甘いと言われようと、浮かばれてほしいと願わずにはいられない。

もしそれが不可能なら、いっそのこと消えてしまった方が楽になれるのではないだろうか、——と。そんな発想が過った瞬間、ふいに、無感情に霊を祓《はら》ってしまう御堂の姿が頭に浮かんだ。

なんだか、心がざわざわした。

御堂が霊をどれだけ忌々しく思っているか、嫌という程知っている。

けれど、本当にそれだけなのだろうかと、——すべては、なにもしてあげられないからこその選択だったのではないかと、これまでは考えもしなかった発想が突如浮かんできた。

すべては勝手な想像でしかないけれど、もしそうだとするなら、御堂が霊を祓うときに見せた、まるで感情を押し殺すかのような冷たい表情にも納得がいく。

御堂と、きちんと話してみたいと思った。

御堂はもう、爽良の言葉に耳を傾けてくれないかもしれない。それでも、時間がかかってもいいから、御堂の思いを聞いてみたいと。

しかし、この極限まで追い込まれた状況では、このまま最悪な結末を迎える可能性も十分にあり得た。

女は相変わらず動きを止めているが、周囲に漂う空気は時間が経つごとにじわじわと重みを増している。

金縛りはすでに解けているのに、女の恨みがましい視線に縫い止められ、動く気力が湧いてこない。

少しでも気を抜けば深い闇に呑《の》まれてしまいそうで、爽良は女の目をまっすぐに見つめ返す。

すると、――そのとき。

「お、間に合ったっぽい」

のん気な声が響くと同時に、姿を現したのは、碧。

碧はこの澱《よど》みきった空気にそぐわない、いたっていつも通りの調子で、平然と爽良に歩み寄ってきた。

そして、わけがわからず頭が真っ白になった爽良の傍に立つと、目の前でひらひらと手のひらを揺らす。

「あれ？　まさか、間に合ってない？」

「碧……、さん……？」

「あ、よかった。喋《しゃべ》った」

そのあまりのリラックスぶりに、一瞬、碧には霊の姿が視えていないのだろうかとすら思った。

しかし、碧は爽良の無事を確認するや否や、ポケットから数珠《じゅず》を取り出し、女の霊に向き直る。

「やっ……と、出てきてくれたね。どれだけ待たされたか」

女から、反応はない。

しかしそれも想定内なのか、碧は動揺ひとつせず、数珠を持つ手を女のシルエットの中心に目がけて思い切り突っ込んだ。

その瞬間、周囲の空気がビリ、と振動する。

そして、まったく理解が追いつかない爽良を他所《よそ》に、碧は目を閉じブツブツとなにかを唱えはじめた。

女はそれに反応してか、途端に目を見開き背中を仰《の》け反らせる。

爽良をまっすぐに捉えていた目はもはや焦点が合っておらず、やがて苦しそうに両手両足をガタガタと揺らしはじめた。

そのあまりに怖ろしい光景に、爽良は目を逸《そ》らすことすらできず、ただただ硬直する。

その間、碧はずっとなにかを唱え続けていた。

やがて女の動きが少しずつ収まり、ついにはがっくりと項垂れる。

碧はそれを見計らったかのように、そっと手を離した――瞬間、吊《つ》り下がっていた女が地面へずるりと落下する。

反動で巻き上がった冷気に煽《あお》られてもなお、爽良は身動きが取れなかった。

一方、碧はどこまでも冷静で、崩れ落ちた女の傍に座り込むと、まるで慣れた作業のようにお札を取り出す。

そして、お札を握ったままの手で女の背中に触れると、女の体がビクッと跳ねた。

「……なにを……、するん、ですか」

ようやく出た声は、酷《ひど》く震えていた。

碧は爽良に目もくれず、小さく頷《うなず》く。

「待って、すぐ終わるから」

待ってと言われても、淡々と発された「終わる」という言葉の響きがあまりに不穏で、とても黙ってはいられなかった。

「……その人、消しちゃうん、ですか」

爽良の頭を過《よぎ》っていたのは、御堂が地縛霊を藁人形《わらにんぎょう》に閉じ込め、そのまま消し飛ばしてしまった光景。

しかし、碧はチラリと爽良に視線を向け、首を横に振った。

「違うよ」

説明はなにもないけれど、その穏やかな声が爽良をわずかに落ち着かせる。

ただ、だとすれば碧はいったいなにをしようとしているのか、爽良には見当もつかなかった。

とはいえ、今は碧を信じる他なく、爽良は目の前の光景を黙って見つめる。

すると、次第に女の輪郭が闇に紛れるかのようにじわじわと曖昧《あいまい》になった。

やがて地面には液状の黒いものが残り、コールタールのようにゆらゆらと揺蕩《たゆた》いながら爽良の足元まで流れてくる。そして。

「だいぶ小さくなったね」

碧はそう呟《つぶや》くと、ふたたびなにかを唱えはじめた。──瞬間。

かつては女の形をしていた黒い液体が、まるで碧の腕を通じて吸い上げられるかのように、ゆっくりと消えていった。

同時に、張り詰めていた空気もじわじわと緩む。

気配が完全に消えるまでにかかったのは、ほんの十秒程。

碧は唱えるのを止めて注意深く地面を確認した後、ゆっくりと立ち上がった。しかし、その途端にフラッとよろめき、爽良は慌ててその背中を支える。

「碧さん……？」

「うわ……、覚悟はしてたけど、きっつ……。ずいぶん長く彷徨《さまよ》ってたみたいだし、当然か……。にしても、具合悪……」

「あの……」

「爽良ちゃんはすごいわ……。よくこんなの入れたまま平然としてたよね」

「入れたまま……って」

碧の説明は曖昧だが、なにが起きたのかを推測するには十分だった。なんだか嫌な予感がして、爽良はおそるおそる口を開く。

「さっきの霊……、もしかして今、碧さんの中にいるんですか……？」

言いながらも、そんなことができ得るものだろうかと考えている自分がいた。

しかし、碧は当たり前のように頷く。

「まあ、それが私のやり方だし」

「やり方、って」

「説明が難しいけど、一時的に自分の中に閉じ込める……って言えばわかる……？」

「それは……、憑《つ》かれてるのとは、違うんですか」

「全然違うよ……。スペースは貸しても、霊が私の体を支配することはできないから。言うなれば、〝仏様と同じ釜《かま》の飯を食べて育った者の特権〟というか」

「……よく、わからないです」

「ま、一種の必殺技だと思ってくれると」

爽良を怖がらせまいという配慮か、碧はあくまで明るく答えてくれるけれど、顔色は真っ青だった。

おそらく、弊害も多いのだろう。

「これから、その女の人はどうなるんですか……？」

「とりあえず、お寺に連れ帰って少しずつ供養するよ。……最初に見たときは供養なんて無理かもと思ってたけど、この感じだとギリいけそう。鳳のおじさまが、すでにかなり癒《いや》してくれてたみたいだし」

「鳳のおじさま……って、庄之助さんのことですか……？」

「そう。爽良ちゃんのおじいちゃんでしょ？　私も何回か会ったことがあるけど、すごい人だよね。まぁ相当な変わり者だけど。……にしても、あの血を引いてるなんてちょっと羨《うらや》ましいかも」

たった今、信じられないような出来事を目の当たりにしてしまった後で、それをやってのけた当の本人が庄之助を誉《ほ》める光景は、なんだか不思議だった。

霊に精通する人たちの中で、庄之助がいかにすごい人物であったかを、爽良は改めて実感する。

ただ、血筋を羨ましがられてしまうと、なんだか肩身の狭い気持ちになった。

「確かに庄之助さんはすごい人だったみたいですが……、孫の私は全然です。あまりにふがいないので、なんだか庄之助さんに申し訳なくて……」

なるべく卑屈に聞こえないよう意識したつもりだったけれど、碧はわずかに眉《まゆ》を顰《ひそ》める。

しかし。

「いや……、なに言ってんの。爽良ちゃんもほぼ同じじゃん」

まさかの言葉をサラリと口にし、爽良は目を見開いた。

「はい……？」

いくらなんでも慰めが過ぎると、思わず間抜けな声が零《こぼ》れる。

一方、碧はむしろ不思議そうに首をかしげながら、続きを口にした。

「だって、同じだし。……持ってるものが」

「持っ……」

聞き返したいのに、こうも当たり前のように言い切られると、混乱が勝ってうまく言葉が出ない。

そんな中、碧はふたたび苦しそうに頭を抱えた。

「やば、どんどん辛《つら》くなってきた……。明日《あした》にしようと思ってたけど、やっぱり今からお寺に行っとこうかな……。詳しい話は明日でもいい？」

「そ、そうしてください……！　私、支えます……！」

爽良は慌てて手を差し出したけれど、碧は首を横に振る。

そして、さも平気だと言わんばかりの笑みを浮かべた。

「爽良ちゃんも結構ダメージを受けてるはずだから、あまり無理しないで。幸い、さっきの騒ぎで場が荒れちゃって、ここには今なんにもいないから、フラつかなくなるまで少し休んでいくといいよ。落ち着いたら部屋に戻ってしっかり休んでね」

「……わかり、ました」

言われてみれば、裏庭の空気はいつもとは少し違っていた。

いつもならそこらじゅうから感じられる気配も、今はまったくない。

碧は爽良に軽く手を振り、背を向ける。

しかし、すぐに振り返って唐突に巣箱を指した。

「そうだ。……爽良ちゃんはここを気に入ってるみたいだけど、不自然に鳥がいないときは止めときなね」

「鳥……？」

「うん。小動物って結構敏感だから」

敏感の意味は、わざわざ聞くまでもない。爽良は巣箱を見上げながら頷く。

「わかりました……。ありがとうございます」

「いえいえ。じゃ、また明日」

今度こそ碧が去り、爽良はガーデンチェアにすとんと腰を下ろす。

少しずつ混乱から覚めると同時に、全身に鈍い痛みが走った。やがて頭痛や吐き気まで覚え、爽良は背もたれにぐったりと体を預ける。

さっき碧から聞いたダメージとは、おそらくこれのことなのだろう。確かにかなり苦しいけれど、しばらく休めば落ち着くような言い方をしていた碧の言葉を思い出すと、さほど不安はなかった。

現に、呼吸を繰り返すごとに気分は回復していき、爽良はほっと息をつく。——そのとき。

ふと気配を感じて顔を上げると、目線の先にスワローの姿があった。

「スワロー……？」

名を呼ぶと、スワローは耳をピクッと動かし、小さく鳴き声を零す。

すると、その背後から、礼央が顔を出した。

「礼央……」

霊の気配に敏感な礼央は、異変を感じてスワローを頼り、爽良を捜してくれたのだろう。

礼央は爽良の傍へやってくると、安心したように深く息をつく。そして。

「ついさっき碧さんとすれ違って、ざっくりだけど聞いたよ」

ぽつりとそう口にした。

それを聞き、礼央が妙に落ち着いている理由を察する。おそらく、碧があまり心配をかけないような伝え方をしてくれたのだろう。

ここしばらくというもの、礼央に負担をかけてばかりだった爽良にとって、それはとてもありがたい気遣いだった。

体はまだ回復しきっていなかったけれど、爽良は礼央を見上げて笑みを繕う。

「心配かけてごめんね。でも、大丈夫だから」

それは、精一杯の配慮のつもりだった。

けれど、礼央はふいに意味ありげな表情を浮かべ、かすかに視線を落とす。

「……そっか」

「う、うん……、実は、何日も前から憑かれてたみたいで……、でも今回は自分で体から追い出すことができて、……もちろん、その後はなにもできずに碧さんが助けてくれたんだけど……」

礼央の反応がなんだか想像と違い、爽良は必死に言葉を並べた。けれど、礼央の表情に変化はない。

「だけど、これまでの醜態に比べたら……」

次第に不安が込み上げ、語尾が弱々しく途切れた。

すると、礼央はふいに爽良の頭に手を伸ばす。

撫《な》でられるのかと思いきや、礼央は髪に触れる寸前にそれを止め、なにごともなかったかのように穏やかな笑みを浮かべた。

「すごいじゃん。……成長してるね」

「成長って言える程じゃ……」

「焦ることないよ。……十分すごいから」

「…………」

誉められているのに、何故だか寂しい。

爽良はそんな自分の感情に戸惑っていた。

やがて、礼央は黙って待っていたスワローを呼び、爽良に背を向ける。そして。

「俺は戻るけど、爽良もなるべく早めに部屋に戻って」

そう言い残し、あっさりとその場を後にした。

スワローが珍しくわずかな戸惑いを見せ、しかしすぐに礼央の後に続く。

なんだか、心がモヤモヤした。

こういうとき、いつもの礼央なら、いくら大丈夫だと言っても聞かないくらいに過保護なのに、今日は不自然なくらいにあっさりしている。

もし信頼されているということならなんの問題もないけれど、そう考えられる程の結果を出していない。

ふと、──なにかが〝なかったこと〟になったのではないかと、そんな考えが頭を過《よぎ》り、胸がぎゅっと締め付けられた。

思えば、あのとき礼央から投げかけられた問いの本質を、爽良は今もまだ理解できていない。

ただ、爽良と礼央の間にある重要ななにかが失われようとしている不安だけは、明確に感じていた。

途端に動悸《どうき》がして、爽良は首を横に振る。

しかし、ゆっくり呼吸を繰り返しているうちに、不安を覚えるなんて身勝手なのかもしれないという思いが浮かんできた。

いずれにしろ、自分なんかが礼央をいつまでも都合よく繫《つな》ぎ止めておくことなんて、できないのだからと。

ふと空を仰いだ瞬間、視界に入ったのは、鳥たちに使われていない不恰好《ぶかっこう》な巣箱。

自分はそもそもこっち側なのだと、離れた木々に設置されたたくさんの巣箱と見比べながら、爽良は思う。

思い返せば、爽良は子供の頃から、そんなふうに自分に言い聞かせながら、いろんなものを諦《あきら》めてきた。

友達を諦めると同時に、たびたび耳に入ってくる陰口すらなんとも思わなくなり、むしろ、自分も逆の立場だったならそう思っていたかもしれないと、納得すらしていた。

そうすれば、傷が浅く済むことを知っていたからだ。――けれど。

礼央のことまでそんな諦め方をしていいのだろうかと、考える程に心が疼《うず》く。

「……いや、いいも悪いも、ないし」

思わず零れた呟《つぶや》きは、木々のざわめきにかき消された。

気付けば、周囲の雰囲気はすっかり元に戻っていて、爽良は頭痛が治まったことを確認してゆっくりと立ち上がる。

しかし、建物に向かって歩き出すと、やはり体のあちこちに痛みが走った。

もう少し休んでからの方がいいだろうかと、迷いながら振り返ると、ぽつんと佇《たたず》むガーデンセットが爽良の目に寂しげ映る。

あそこの定員は、一人。

心の中で、おまじないのようにそっと唱えると、気持ちがほんの少し落ち着いた気がした。

翌日。

昼過ぎに帰ってきた碧は、その足で爽良の部屋を訪ねてきた。

「――いや、ほんと偶然なんだけどね。ここに面談に来たときから妙な気配があるなって思ってて。でも、それがまた、感心する程に気配を隠すのが上手《うま》いの。たまーにいるんだよね、そういう類《たぐい》が」

迎え入れると、碧は住職から分けてもらったという高級なお茶の袋を爽良の前に並べながら、まるで世間話のように昨日の霊のことを語った。

「あの、三〇七号室を選んだのって……」

「そう、微妙に気配が残ってたから。ただ、やばそうな相手だなってことはわかるんだけど、肝心の気配がとにかく曖昧《あいまい》で。どうやらこの部屋にはもういないっぽいなぁって考えはじめたときに、爽良ちゃんからかすかに気配を感じたの。それで、憑《つ》かれてるのかもって思って」

「でも、私の部屋には結界が張ってあるって……」

それは、爽良がもっとも疑問に感じていたことだった。

これまでにも、部屋の外から爽良を誘い出そうとしてくる霊は数々いたけれど、中に立ち入られたことはない。正確には、ないと思っていた。

しかし、碧は首を横に振る。

「この部屋の結界は確かに強力なんだけど、とはいえ、隙がまったくないわけじゃなくて。今回のことで言うなら、宿主の――つまり爽良ちゃんの気配が優位な状態を保ったままゆっくり侵食することで、結界に反応させなかったっていう感じ、かなあ。霊が人に憑くって実際そう簡単なことじゃなくて……、って、これ以上は結構複雑な話になるけど聞く？」

確かに、これより先はいかにも専門的な内容になりそうな予感がしたけれど、自分を守ってくれている結界に隙があることを知らないなんて、爽良にとっては死活問題だった。

「……是非、教えてください」

そう言って姿勢を正した爽良に、碧は困惑した表情を浮かべる。

「わかったからそんなに畏《かしこ》まらないで。……とりあえず、憑くってひとことで言っても段階があって――」

碧によると、憑く、つまり「憑依《ひょうい》」の初期段階は、霊がただ人の肩に乗っているだけの、ごく不安定な状態なのだという。

その場合は気配もわかりやすく、視える人間にはすぐに気付かれてしまう。

しかし、長い年月を彷徨《さまよ》った霊の中には、気配を潜めることに卓越した者が存在するらしい。

そういう類は、それこそ誰にも気付かれないくらいゆっくりと人の魂を侵食し、時間をかけて一体化を図るのだという。

そうなれば、熟練した霊能力者ですら、よほど注意していないと気付けないと碧は話した。

「だから、確信を持つまでずっと爽良ちゃんを観察してたんだけど、ほんっと、全然尻尾《しっぽ》を出さなくて。……とはいえ、下手に手出しして警戒されて、奥の方に引っ込まれでもしたら面倒なことになるし。ま、結果、出てきてくれてほんとよかったよね。出てきたっていうか、爽良ちゃんが無理やり引っ張り出したんだけど。まさに、生まれ持った資質ってやつで」

「ち、違います、あれはたまたま……」

爽良は慌てて否定しながら、密《ひそ》かに、碧からやたらと視線を感じていた理由を察していた。

同時に、長く続いた体調不良の理由も。

「ちなみに、完璧《かんぺき》に遮断する結界っていうものもあるにはあるんだけど、あまりに効き目が強いと今度は効果が短くなっちゃうから、部屋に張るには向いてなくて。まあ、この部屋に張ってあるやつも十分強力なんだけどね。爽良ちゃんに憑いた霊に出し抜かれたとはいえ、信じられないくらい長い期間効き目が続いてるわけだし。……多分、伯父《おじ》が張ったものなんだろうけど」

「御堂さんのお父様ですか？」

「うん。あの人も昔はすごかったから。……で、だいたいの疑問は解消した？」

「あ、えっと……」

曖昧な反応になってしまったのは、唐突に、まだ解消されていないことが思い当たったからだ。

それは、御堂との意味深な様子。

あのとき碧は、「爽良ちゃんのことを話してて」と言った。

「あの……、庭で御堂さんとなにを話してたんですか……？」

自分で思うよりも直球な言い方になってしまって、爽良は戸惑う。けれど、碧はそれを気にする様子もなく、いきなり笑い声を上げた。

「あー、あれ！……いや、爽良ちゃんに憑いてる霊のことを話してたら、下手に刺激するなってすごい剣幕で怒られてさ。さっきも言ったけど、焦って警戒されて、奥に引っ込まれたらもう手の施しようがなくなるから、もうしばらく様子を見てろって。爽良ちゃんのこと、すごく心配してたよ」

「御堂さんが、私を……？」

「うん。吏があまりに必死に言うからさ、まさか爽良ちゃんに気があったりして……なんて考えたらなんだか面白くなってきちゃって。あの時点で爽良ちゃんに本当のことを伝えるつもりはなかったんだけど、反応が見たくてついついあんな勿体《もったい》ぶった言い方しちゃった。……ごめんね」

そのいたずらっぽい言い方が、碧の適当さをいい意味で象徴している。

ただ、そのときの爽良は、それよりも御堂が心配してくれていたという事実に驚いていた。

すっかり呆《あき》れられてしまった今もなお、そうやって気にかけてくれているのだと思うと、なんだか心が締め付けられる。

「……気があるなんて。むしろ、頭痛の種だと……」

「うん？」

「いえ、……というか、御堂さんはまだ様子を見た方がいいって思ってたんですね」

つい零《こぼ》しかけたぼやきを慌てて呑《の》み込み、爽良は話題を戻した。

碧は頷《うなず》き、意味深に瞳《ひとみ》を揺らす。

「うん。ただ、向こうはたまーに実家を手伝う程度でしょ？　かたや私は、副業とはいえ今も現役で寺務に従事しているれっきとした霊能力者なわけだし、吏に従う気はないって言ったらぶつかっちゃって」

寺を手伝っていると聞いてはいたが、霊能力者として働いているという事実をさらりと知らされ、爽良は密かに驚いていた。

ただ、御堂のことを語りはじめた途端に碧の雰囲気が変わった気がして、そのことを尋ねる余裕はなかった。

すると、碧はすぐに我に返ったように元通りの笑みを浮かべる。

「……まぁ、霊を自分の中に閉じ込めるなんて乱暴な方法を使うものだから、同業者からは邪道扱いされてるけどね」

「邪道、なんですか……」

霊能力について、爽良は、邪道かそうでないかの判断ができる程の知識を持っていない。

とはいえ、自分に憑かせるという方法がいかに危険であるかは、顔が真っ青になった碧の様子を思い返せば明白だった。

碧は頷き、自嘲《じちょう》気味に笑う。

「そうらしいよ。能力が低い人からの妬《ねた》みなんて、別に気にしないけどね。……あえていえば、厄介な従妹《いとこ》から付き纏《まと》われてることには迷惑してるけど」

「厄介な従妹……って」

ふたたび碧がさらりと口にした事実を、今度は無視することができなかった。

碧の従兄妹には、依も含まれる。途端に二人が会っていたときの光景が頭を過《よぎ》り、全身に緊張が走った。

碧はそんな爽良の反応も想定内とばかりに頷く。

「依ちゃんのことだよ。知ってるでしょ、爽良ちゃんにもずいぶん迷惑かけたみたいだし」

「……知って、ますけど……」

無意識に言葉選びが慎重になっている自分がいた。

碧は「厄介な従妹」と表現していたけれど、心を砕いているからこその言い方である可能性もないとは言えない。

御堂が碧の入居を認めた以上、依の怪しい仕事に碧が関わっているとは考え辛《づら》いが、無意識に警戒してしまう。

すると、碧は爽良の心の葛藤《かっとう》を見透かしているかのように、突如楽しそうに笑い声を上げた。

「大丈夫大丈夫！　私、霊を道具にするみたいなあの子のやり方、普通に軽蔑《けいべつ》してるから。じゃなきゃ、お寺に出入りできないよ」

「そう、なんですね」

「うん。依ちゃんは幼馴染《おさななじみ》みたいなもので、子供の頃はいつも一緒だったから、正直嫌いにはなれないけど。……でも、それとこれとは別だよ。私が鳳銘館に引っ越したことをどこで知ったのか、情報くれってうるさくて。ほんっと、しつこいの」

それを聞き、爽良は、駅前で二人がなにを話していたのかを察した。

確かにあのときの碧は、笑ってこそいたけれど、依の元をつれなく立ち去っていた。

「依さんは、碧さんの能力が欲しいんですね」

「みたいだね。霊能力をエンタメみたいに考えてるとこあるし、珍しいものが大好きなの。とんでもない報酬を提示してきたからドン引きしちゃったわ。もちろん相手にしてないけど」

そこまで聞いて、爽良はようやく安心する。

ほっと息をつくと、碧はニヤニヤしながら爽良の頭を乱暴に撫《な》でた。

「いやー、爽良ちゃんって案外わかりやすいし、なんだかまっすぐでいいよね。しかも、霊に同情する派なんでしょ？　強すぎる霊感を持って普通の家庭に生まれるって結構しんどいと思うし、散々苦しんできたはずなのになかなかできないよ、そんな神様みたいな考え方」

「……御堂さんから聞いたんですか？」

「あ……、ごめん、詮索《せんさく》するつもりじゃなかったんだけど、吏との会話の流れでつい……」

「いえ、全然。御堂さん、甘いって言ってましたよね」

「まあ、……それは、うん」

「ですよね。未熟なくせに自分の意見ばっかり主張するから、いつもイライラさせちゃうんです」

あまり気を遣わせないよう淡々と口にしたつもりが、あまり上手《うま》くいかなかったことは碧の表情から明らかだった。

とはいえもう誤魔化しようがなく、爽良は俯《うつむ》く。

しかし。

「ってか、意見を言うことに未熟もクソもないでしょ」

碧がはっきりとそう言い、爽良はふたたび顔を上げた。

「好きなだけ言えばいいよ。吏がイライラしようが、曲げられないならどうしようもないじゃん」

ふいに、心にスッと風が通ったような心地を覚える。

「むしろ、意見が違うだけでしょ？　そもそも、周囲の人間全員が同じ意見を持つ環境なんて滅多にないし、あったとしてもロクなことにならないと思うし。ついでに言えば、意見が合わない相手と共存することなんて、社会どころか家族の間でもごく普通だよ。だから、吏が爽良ちゃんを心配するのも普通だし、吏が鳳のおじさまと仲良しだったのも普通」

「……普通」

「そう普通」

人との交流が極端に少なかった爽良にとって、碧の言葉は衝撃だった。

ふと、両親に対して意見も言えず、必死に合わせて過ごしてきた日々が頭を巡る。

いくら生きやすい環境に移り住んだところで、意見の食い違いを恐れているようでは、あの頃とさほど変わりはない。

そんな自分を変えようと、固い決意を持ってここにきたときの思いが、碧の言葉をキッカケに、鮮明に蘇《よみがえ》ってきた。

「そっか……、なんだか、肩が軽くなった気がします……」

そう言うと、碧は穏やかに微笑む。

そして。

「ちなみに私は、吏と爽良ちゃんの中間くらいかな。……別に霊にトラウマもないし、救えるものなら救うに越したことはないと思ってるけど、たいして感情移入はしないから。子供の頃から深く関わって生きてきたから、感覚がちょっと麻痺《まひ》してるかも」

「麻痺、ですか……」

「だから、今後一緒に過ごす中でその考えはやばいって思ったら、遠慮なく言ってね。私もそうするから」

「はい……。改めて、よろしくお願いします」

まるで、頼りになる姉ができたような気持ちだった。

碧という人間は考え方が驚く程サッパリしていて、話せば話す程に心が軽くなっていく。

碧は深々と頭を下げた爽良の肩をぽんと叩《たた》くと、それから携帯で時刻を確認し、立ち上がった。

「じゃ、そろそろ部屋に戻るね。取り急ぎの報告のつもりが、すっかり長居しちゃってごめん」

「そんな、むしろありがとうございました」

「いえいえ。また話そうね、……あ、そうだ」

去りかけた碧がふと立ち止まり、爽良は首をかしげる。

すると、碧は記憶を辿《たど》るように眉根《まゆね》を寄せながら、口を開いた。

「えっと確か……、七、八十年近く前にここに住んでた女性じゃないかって言ってたよ。うちのお寺の住職が」

「え……？　あの……」

「爽良ちゃんに憑いてた女の人のこと。なにせ古いし、もう魂が原形を止《とど》めてなくて、それ以上のことはまだわかんないみたいだけど。でも、自分に憑かせた感じ、確かにいいとこのお嬢さんって感じの雰囲気だった気がする」

その話を聞き、爽良はふと女の恰好《かっこう》を思い出す。

あのときは考える余裕なんてなかったけれど、女が着ていたロング丈のワンピースには上品なレースがあしらわれ、碧が口にした通り、「いいとこのお嬢さん」といった雰囲気だった。

「鳳銘館はアパートになる前に華族のお屋敷だったと聞いているので、七、八十年前となると、そのとき住んでらっしゃった方かもしれません……」

「なら、本当にお嬢様なのか。……でも、庭で首吊《つ》って自殺してるわけだし、なにが幸せかわかんないね」

本当にその通りだと爽良は思う。

これだけ立派な屋敷に住んでいたとなると、つい勝手に余裕のある満たされた生活風景を想像してしまうけれど、一人一人の願う幸せがかならずしも豊かさや生まれた環境に左右されないことを、爽良はこれまでの経験からよくわかっていた。

「……彼女は、いずれ浮かばれますか？」

思わず尋ねた爽良に、碧はふと意味深な笑みを浮かべる。

そして。

「〝殺されかけたくせに、なに甘いこと言ってんの？〟」

そう言われた瞬間、御堂に咎《とが》められたときの記憶がフラッシュバックし、心臓がドクンと跳ねた。

碧は急に青ざめた爽良にさぞかし驚いたのだろう、オロオロしながら爽良の頭を乱暴に撫でる。

「ご、ごめんごめん、冗談……！　いや、吏ならそう言うかなっていうただのモノマネのつもりだったんだけど、まさかそんな深刻な反応をされるとは思わず……。罪悪感がすごい……、本当、ごめんね……！」

「い、いえ、全然……」

「で、でもほら、そんなのいちいち気にしてたら持たないよ、ああいうのは適当に流さないとさ。サラッと！　無視で！」

ほっとする気持ちと、なんて人が悪いのだろうという不満がごちゃまぜになって、爽良は反応に困っていた。

一方、碧はすっかり元通りの様子で、爽良にひらひらと手を振る。

「じゃ、今度こそ戻るね。……あ、あの女の人が浮かばれるかどうかってのは、まだわかんないんだけど、うちの住職は癒《いや》しのプロだから多分大丈夫だと思うよ」

「癒しのプロ、ですか……」

「らしいよ。これまた不思議な人でさ、カウンセラーみたいにいろんな霊の話を聞いてあげてるんだって。実際、住職のところには、まさに爽良ちゃんに憑いてたような何十年モノのどうにもならない浮遊霊が憑いた代物がよく持ち込まれるんだけど、とりあえず、なんとかなってるみたい。……多分」

「そう、なんですね……」

碧の言い方は「みたい」に「らしい」に「多分」とずいぶん曖昧《あいまい》で、その表情もまた、わかりやすい程に興味がなさそうだった。

自分自身を『感覚が麻痺している』と分析した碧の言葉が、ふと頭を過《よぎ》る。

ただ、爽良にとっては、あの悲しい霊がいずれは浮かばれると知れただけで十分だった。

「教えてくれて、ありがとうございます」

「いえいえ！　じゃね！」

碧はカラッと笑い、今度こそ部屋を後にする。

途端に静まり返った部屋で、爽良はしばらくぼんやり立ち尽くしていた。

とにかく、まずは一気に入ってきたさまざまな情報の整理が必要だった。

頭の中では、結界にも種類があることや、気配を上手《うま》く消せる霊が存在するという事実や、かつて裏庭で自殺した女性がいるらしいこと、さらに碧が霊能力者であることや依との関係など、本来ならひとつひとつ丁寧に掘り下げたい重要なことがごっちゃになっている。

とはいえ、どれひとつとっても内容があまりに複雑すぎて、一人で考えたところで上手く処理できる気がしなかった。

結局、専門的な話はまた改めて碧に聞かせてもらおうと決め、ひとまず部屋の隅に積み上げてある管理日誌を手繰り寄せる。

気になっていたのは、女の霊のこと。

紗枝と同じように、彼女もまた生前の庄之助に癒されていたことを、爽良はあのとき確信した。

生前の様子や心情はほとんど伝わってこなかったものの、爽良に執着した理由はおそらく紗枝と同じだと、——爽良を庄之助と勘違いしたのだと、そう考えるのが自然だった。

もちろん、救いを求められたところで、今の爽良にできることはほとんどない。

それでも、庄之助がどんな交流をしていたのかを知りたかったし、なにより、庄之助が気にかけていたのならばせめて名前くらい知れたらという思いがあった。

しかし、古い日誌からそれらしき記述を見つけることができないまま、気付けば二時間が経っていた。

ただ、達筆な文字を集中して追う中で、日誌には紗枝の記述すらほとんどないということに、爽良は今さらながら気付いていた。

つまり、庄之助にとって紗枝をはじめ鳳銘館に集まってきた霊たちとの交流は、特筆すべき事柄ではなく、あくまで日常の一部だったと考えられる。

大きな事件が起こったなら話は別だが、そもそも庄之助は紗枝たちの他にもたくさんの霊たちと交流を持っていた可能性が高く、だとすれば、いちいち記録に残すとは考え難《にく》い。

爽良はひとまず日誌を閉じ、小さく溜《た》め息をつく。

ずっと同じ体勢のまま集中していたせいか、ガチガチに固まった首と肩が鈍く疼《うず》いていた。

今の自分には、霊の名前ひとつ知るのも大仕事だと、爽良はぐったりと壁に頭を預ける。

そのとき、ふと紗枝の気配を感じ、爽良は立ち上がって窓を開けた。

庭を見渡すと、隅に佇《たたず》む紗枝と、その足元に寄り添って嬉《うれ》しそうに尻尾《しっぽ》を振るロンディの姿が目に入る。

「紗枝ちゃん」

名を呼んだ瞬間、紗枝はパッと顔を上げて部屋へ駆け寄ってきた。

「もしかして、待ってた？　呼んでくれたらよかったのに」

そう言うと、紗枝は爽良をじっと見上げる。

地縛霊だったことを忘れてしまいそうなくらいの無垢《むく》な視線に、思わず爽良の頰が緩んだ。

「すぐ行くね。待ってて」

紗枝の返事よりも先に、ロンディが甘えた声で唸《うな》る。

爽良は手を伸ばしてその頭を撫《な》で、それから紗枝たちに背を向けた――瞬間。

『千景《ちかげ》お姉ちゃん』

唐突に紗枝がそう口にし、爽良は驚いて振り返った。

「え……？」

『庄之助の友達』

「……それって、まさか」

問いの続きは言葉にならなかったけれど、こくりと頷《うなず》く紗枝を見て、爽良は、女の霊の名だと察した。

「紗枝ちゃん、知ってるの……？」

『怖いひと』

「……怖かったんだ」

『けど、庄之助といるときは、怖くなかった』

たどたどしい説明でも、その関係性はなんとなく想像することができた。

やはりあの女の霊——千景も、爽良が予想した通り、庄之助に癒《いや》されていた一人だったらしい。

「……千景さんは、優しい人のところに連れて行ってもらったよ」

そう言うと、紗枝の瞳《ひとみ》がわずかに揺れた。

おそらく、理由が気になるのだろう。

ただ、千景を癒すには自分では力不足で、庄之助のようにはいかないのだと説明するのがなんだか情けなくて、とても言えなかった。

しかし。

『やさしい人？』

「……うん。そう言ってた」

『爽良みたいな？』

さも当たり前のような問いかけが、胸の奥に響いた。

「……私は」

『爽良みたいな人？』

無邪気に繰り返されるその声に、大人のような気遣いや慰めは感じられない。

紗枝は爽良をそんなふうに思ってくれているのだと、これ以上ないくらいまっすぐに伝わってきた。

「私なん――」

私なんかと言いかけて、爽良は言葉を呑《の》み込む。

少なくとも紗枝が優しいと思ってくれているのなら、否定せずにむしろそれを自信に変えたいと、そのときは不思議なくらい素直に思えた。

「……ありがとう」

呟《つぶや》くと、紗枝は小さく首をかしげる。

同時に、ロンディが待ちくたびれたとばかりに鳴き声を上げた。

「ごめんロンディ、すぐ行くね」

爽良は慌てて窓を閉め、部屋を出る。

玄関から外に出ると、見事な秋晴れに迎えられた。

思えば、ここしばらくというもの、空を見る余裕なんてなかったとふと思う。

それが、ほんの些細《ささい》なキッカケでこうも上を向けるのだという事実に、爽良はシンプルに驚いていた。

「ずっと、手が届かないとこばっかり見すぎてたかも……」

思わず零《こぼ》れるひとり言。

爽良は庭で待つ紗枝とロンディに駆け寄りながら、――もっとゆっくり、少しずつ、自分にできることをしていこうと改めて思った。

＊

後日、ガーデンにやってきた爽良は、ガーデンチェアに座り、いつものように頭上を見ていた。

ただし、そのとき捜していたのは小鳥の姿ではなく、千景の気配。

千景の魂は碧が寺に連れて行ってくれたけれど、思い入れのある場所には魂の一部、つまり念が残るという御堂から聞いた話を、爽良は印象的に覚えていた。

爽良は千景が現れた辺りを広く見渡す。

ここで過去に首吊《くびつ》り自殺があったと知れば、普段の爽良なら近寄るのも躊躇《ためら》いそうなものだが、不思議と気持ちは落ち着いていた。

そして。

「……千景さん」

名を呼んだ瞬間、ふわりと風が舞う。

それはまるで意志を持っているかのように優しく爽良の肌を撫で、頭上の木々の枝を大きく揺らした。

その穏やかな反応から、ここに残る千景の念は庄之助によってすでに癒されたものなのだろうと察する。

すっかり色を変えた葉が風で散り、爽良の頭上にゆっくりと舞い降りてきた。

その美しい光景を眺めながら、ふと、名前を呼ばれることも、癒しの一端となるのかもしれないと爽良は思う。

それは、魂を癒すという意味ではほとんど影響がないくらい小さなことかもしれないけれど、爽良にとっては大切な気付きであり、重要な一歩だった。

そして、爽良の気付きはそれだけではなかった。

千景から反応があった瞬間、爽良は、一人用のガーデンセットで過ごしていた庄之助には、きちんと話し相手がいたという事実に気付いてしまった。

一人しか受け入れる気のないこの場所に安心し、むしろ一人で過ごすことを正当化できるとすら思っていたけれど、どうやらそうではないらしい。

これまで覚えていた安心感に、ほんの少し影が落ちた。

落ち着く場所であることに変わりはないけれど、なんだか孤独を感じてしまう。

そして、ふと、一人で過ごすことなんて慣れているはずなのにと考えた瞬間、唐突に、礼央の顔が思い浮かんだ。

「……いや、私、寂しくなかったんだ……」

呟くと同時に、爽良は改めて実感する。

いくら幼馴染《おさななじみ》といえど、礼央とはいつでも一緒にいられたわけではない。けれど、自分には礼央がいるという心強さがいつも爽良を支え、理解されない孤独や、友達がいない寂しさすらも曖昧《あいまい》にしてくれていたのだと。

「……なのに」

今は、寂しい。

爽良はガーデンチェアの上で膝《ひざ》を抱え、顔を埋《うず》める。

もう二人はいい大人で、幼かった頃のように単純にはいかない。――そう自分に言い聞かせても、あまり効果はなかった。

あの日、二人の間に生まれた隙間の埋め方が、爽良にはわからない。

もう取り返しがつかないくらい開いてしまっていたらと思うと、胸が苦しくなる。

そのとき。――唐突に、あのキスの意味を知りたいという思いが頭を過《よぎ》った。

思えば、爽良はあの日の出来事と向き合うことを極端に避け、気の迷いだとかなんの意味もないだとか無理やり自分を納得させ、礼央の意図を知ることを完全に拒絶していた。

礼央の存在があまりに大きいからこそ、なにかが崩れてしまうことを恐れて。

しかし、今となってはすべて逆効果だったような気がしてならない。

こんなに冷静にあの日のことを思い返したのは初めてだったけれど、考えれば考える程、じわじわと後悔が込み上げてくる。

礼央はこれまで爽良のどんな小さなサインも見逃さなかったのだから、自分も目を逸《そ》らすべきではなかったのにと。

やはりきちんと向き合わなければならないと、爽良は改めて思った。――けれど。

「……だけど、そんなことどうやって聞くの……」

やるべきことはわかったものの、肝心な方法を考えはじめた途端、頬が一気に熱を帯びた。

心の奥が、小さく疼《うず》きはじめる。

ただ、こんなに真剣に悩んでいるというのに、それはこれまで悩むたびに覚えてきた苦しさとは少し違っていた。

この感情を、なんと呼ぶのだろう。

考えてみても、爽良の経験の中に答えを見つけることはできなかった。

第二章

十月も下旬に差しかかると、御堂は談話室に石油ストーブを出した。

そのずっしりとした円筒形のストーブは「対流形」と呼ばれ、周囲三百六十度に放熱し、上昇した熱が部屋全体に対流するため、広い部屋でもすぐに暖まるという特長があるらしい。

聞けば、庄之助が鳳銘館の運営を始めた頃から活躍している年代ものだとか。

昔の映画でしか見たことがないような古めかしい見た目だけれど、御堂によれば、この数年はこれが逆にレトロでお洒落《しゃれ》だと人気を博し、復刻版を出すメーカーも増えているのだという。

「かなり重いし燃費も良くないけど、なんだかんだで暖かいし、なにより丈夫だし、お湯も沸かせるしね」

御堂はストーブの手入れをしながら、そう呟く。その丁寧な手つきからは、深い愛着が感じられた。

爽良はその様子をしばらく眺めた後、ウッドデッキの掃除をするためガラス戸を開ける。

途端に冷たい風が吹き込み、爽良は慌ててカーディガンのボタンを一番上まで留めながら、ストーブの出番はそう遠くなさそうだと思った。

ふと考えてみれば、千景の霊の騒ぎ以来とくに目立った事件は起きておらず、鳳銘館はいたって平和だった。

ただし、御堂との間には相変わらず微妙な壁があるし、礼央に対する気まずさも、解消されていない。

二人ともいたって普段通りに接してくれるけれど、それに甘んじていられる程、爽良は呑気《のんき》にはなれなかった。

どうにかしたいけれど、どうすればいいかわからない。何度考えても思考は同じところをぐるぐる回るだけで、少しも前に進まないくせに焦りばかりを生む。

ただ、関係を修復したいとか、もっと理解したいとか、逆に理解してほしいなど、誰かに対してこんなにも強い欲が生まれたのは、これまでの爽良の人生において初めての経験だった。

もちろん、爽良にはそれを新鮮だと思える余裕なんてない。

けれど、上手《うま》くできずにひたすら足掻《あが》くもどかしさは、すべてを諦《あきら》めていた頃に覚えていた苦しさよりも、精神的にずっとマシな気がした。

進むのも諦めるのも、苦しみの大きさ自体はそう変わらないのかもしれないと、やや悟りはじめている自分がいる。

その気付きは心を少しだけ軽くし、そして、諦めずに前進するための確かな原動力となった。


碧が鳳銘館に大きな荷物を持ち込んだのは、そんなある日のこと。

碧は大きなボストンバッグを二つ抱えて帰宅し、それらを玄関ホールに置くやいなや、がっくりと膝をついて辛《つら》そうに肩で息をした。

「だ、大丈夫ですか……？　お水持ってきますね……！」

玄関ホールの掃除をしていた爽良は、モップを放り出して部屋に戻り、ペットボトルの水を手に碧に駆け寄る。

碧はそれを一気に半分呷《あお》ると、手の甲で大雑把に額の汗を拭《ぬぐ》った。

「タクシーにすればよかった……。この荷物を抱えて坂道はきつすぎ……」

「あ、あの、これって」

爽良は戸惑いながら、二つのバッグに視線を向ける。

すると、碧がいたずらっぽい笑みを浮かべた。

「開けていいよ」

「え、……でも」

「開けて開けて」

そのニヤニヤした表情に不穏な予感を覚え、爽良は躊躇《ためら》う。

しかし碧はさも楽しげに荷物を爽良の方に押し出し、視線で急《せ》かした。

爽良は渋々ボストンバッグのファスナーに手をかけ、ゆっくりと引く。――そして。

「っ……！」

バッグを開いた途端にいくつもの無感情な視線が突き刺さり、爽良は声にならない悲鳴を上げた。

その反応を見て、碧が満足そうに笑う。

「最高のリアクション！」

「な、なんですかこれ……！」

「ごめんて。……これ、全部雛人形《ひなにんぎょう》だよ。合計すると二十体くらい」

碧はそう言うと、一体を取り出し爽良に向けた。

「雛人形……？」

答えを聞いたところで、爽良の動揺は収まらなかった。

バッグの中に雛人形が雑然と詰め込まれている光景は、正直、あまり気味のいいものではない。

呆然《ぼうぜん》としていると、背後から足音が響いた。

「なにしてんの」

現れたのは、礼央。礼央は座り込んでバッグの中を覗《のぞ》き込むと、ほんのかすかに眉《まゆ》を顰《ひそ》める。

碧はそんな礼央を見上げ、不満気な表情を浮かべた。

「いや、ほぼ無反応ってどうなの。礼央くんは冷静すぎて全然つまんないわ……。爽良ちゃんの反応を見習ってよ」

碧の気楽な口調は初対面のときからだが、礼央に対してはそれがさらに増す。

というのも、碧の本業はグラフィックデザイナーであり、現在はゲーム開発に携わっているらしく、エンジニアの礼央はよい相談相手なのだという。

ここ最近は、ウッドデッキで二人が並んでパソコンを開く光景を、爽良はときどき目にしていた。

「爽良で遊ばないで」

「いや、みんなの爽良ちゃんだし」

「困ってるから」

「そんなことないって。楽しいって」

「あんただけでしょ」

二人の会話は一見すると温度差が激しく、けれど絶妙に噛《か》み合っている。

言い合いをしているというのに不思議と不安にならず、むしろテンポのよさが小気味良い。

「そんなことないってば。ねえ爽良ちゃん。……爽良ちゃん？」

急に矛先が自分に向き、爽良はビクッと肩を揺らした。しかし。

「あ、……えっと」

「ほら、楽しいって」

「言ってないでしょ。ていうか、それ何」

爽良がまともに答える隙も与えられないまま、話題はふたたび雛人形に戻った。

碧は手にした一体をバッグに戻しながら、肩をすくめる。

「あーこれ、実は全部私が手伝ってる神上寺に供養のために持ち込まれたものなんだけどさ。……っていうかさ、二人ともなにか感じない？」

「なにか……って」

なんだか不穏な問いかけに、爽良は思わず動揺した。しかし。

「感じるから聞いてるんだけど」

平然と頷《うなず》いた礼央に爽良は驚き、碧は目を輝かせる。

「さすがの鋭さ！……実は、憑《つ》いてるんだよね、この中のどれかに」

そのやり取りを聞き、爽良は改めてバッグの気配に集中する。

すると、かなり曖昧《あいまい》ながらも、かすかに異様な気配を感じた。ただし、それは気を抜けばすぐに見失いそうになるくらい小さい。

「どれかに……ってことは、居場所がわからないってことですか……？」

「そうだけど、これでもずいぶん候補を絞った方だよ。……っていうのが、この霊は前に爽良ちゃんに憑いたやつと同じで巧妙に気配を隠すし、おまけに人形の間を次々と移動するの」

「移動……？」

「うん。もちろん、大本となる雛人形があるはずなんだけど、それがわかんなくて。でも、なんとか選《よ》り分けて二十体まで絞ったから、ここに隔離して地道に炙《あぶ》り出そうかなって」

碧はさも当たり前のように説明するが、正直、爽良にはまったく理解が追いつかなかった。

どう質問すればいいかすらわからずに呆然としていると、すっかり呆《あき》れた様子の礼央の溜《た》め息が響く。

「そんな迷惑なもの、なんの相談もなく持ち込んでいいと思ってんの」

「え、嘘、駄目？　この程度の気配、鳳銘館にはいくらでもいるじゃない」

「そういう問題じゃない」

「大丈夫だってば。たいした霊じゃ――」

「あの……！」

ふたたび言い合いが始まりそうになって、爽良は慌てて割って入った。

途端に二人からの視線を浴びて一瞬怯《ひる》んだものの、管理人は自分だという気概でなんとか持ち直す。そして。

「……勝手な持ち込みは、困ります」

はっきりそう言うと、碧が目を見開いた。

「そんな……！」

数々の霊が集まる鳳銘館なら、一体や二体持ち込んだところでたいしたことではないと、本気で思っていたのだろう。

しかし、たとえ住人が少なくともここはアパートであり、さすがになにも言わないわけにはいかなかった。

碧は大きなバッグを交互に見ながら、頭を抱える。

「なら、この荷物をまたお寺に持ち帰らなきゃ駄目ってこと……？」

「それは、そうしてもらうしか……」

「すっごい、重いよ……？」

碧はいつも凜《りん》としている瞳《ひとみ》を弱々しく揺らし、縋《すが》るように爽良を見つめた。

言葉に詰まった爽良は咄嗟《とっさ》に目を逸《そ》らすが、今度は手をぎゅっと握られる。

「二週間くれたらなんとかするから」

「…………」

「無理なら十日でも……」

「しつこい」

礼央が見かねて口を挟んだけれど、碧はそれには反応せず、爽良の顔を強引に覗き込んでふたたび視線を合わせた。

「爽良ちゃん……」

綺麗《きれい》な顔が間近に迫り、爽良は激しく動揺する。

ただ、卓越したコミュニケーション能力を持つ碧にとって爽良の攻略など造作もないことで、少し粘ったところで時間のムダかもしれないと、妙に冷静に考えている自分もいた。

「と、とりあえず……、もう少し詳しい事情を……」

そう言うと、碧は表情を一気に明るくする。

「話す話す！　すぐ話す！」

礼央はこうなることがわかっていたとばかりに、早速玄関に上がろうとする碧を制した。

「それを持ち込むのは話を聞いた後」

「……はいはい。威嚇しないでよ番犬じゃあるまいし」

碧は文句を言いながらも礼央に従い、玄関に腰を下ろす。

そして、事情を語りはじめた。

「まず、私が手伝っている神上寺は、人形供養でとても有名なの」

「人形供養、ですか」

「そう。人を象《かたど》ったものって魂の容《い》れ物になりやすいから、人形には浮遊霊や地縛霊がすぐ入っちゃうわけ。ほら、人形の髪が伸びるとか目が動くとかってホラー話、たまに聞かない？　まぁそれも半分くらいは勘違いなんだけど、逆に言えば半分は霊の仕業。で、そんな人形を家に置いとくなんて怖いじゃない？　だから、供養してほしいってことでお寺に持ち込まれるんだけどさ――」

碧の話によると、人形供養で有名な神上寺には、年間に百体をゆうに超える数の人形が持ち込まれるらしい。

それを住職が丁寧に供養し、人形が空になれば基本的には返却されるのだが、持ち込んだ人のほとんどは返却を希望しないらしく、その場合は寺で保管し、年に一度行われる供養祭にて焚《た》き上げをするのだという。

供養祭もまた、神上寺が人形供養で有名になった理由のひとつではあるが、神上寺にはそれに加えて専用の供養殿があるらしい。

そこには、すでに供養を終えて焚き上げを待つばかりの人形たちが何十体も眠っている。――のだが。

「――紛れこんじゃってたんだよね、供養されてない人形が」

碧はさも面倒臭そうにそうぼやいた。

「それって、大変なんですか……？」

「もちろん憑いてる霊によるけど、今回は大変っていうよりとにかく面倒で。供養殿から変な物音がするって参拝客から言われて覗《のぞ》いてみたら、なんか、めちゃくちゃに暴れ回ったような形跡があって。最初はすぐに特定できるって思ってたんだけど、さっき言ったように気配を消すのがやけに上手《うま》いし、いろんな人形を渡り歩くしで……」

「何十体もあるし、確かに面倒ですね……」

「そこなの。ただ、人形を少しずつ別の場所に隔離しながら様子を見ているうちに、どうも雛人形《ひなにんぎょう》だけを選んで移動してるらしいってことに気付いて、なんとか二十体まで絞れたんだけど、それ以降全然上手く進まないの。しかも、神上寺は人形だらけだし、ぐずぐずしてたらどんどん持ち込まれるし、気が気じゃなくて。いっそ場所を移したいなーって思った結果、……まあ、こういうことに」

そこまで言うと、碧はいたずらっぽい笑みを浮かべる。

爽良はやれやれと思いながら、バッグに視線を向けた。

「……それにしても、雛人形だけで二十体も……？」

「多いよねー。ちなみに、雛人形のほとんどは善珠院から持ち込まれたものらしいよ。雛人形って強い願いが込められてるぶん、ひとたび宿ると離れにくいし供養に時間がかかるから、必然的に溜まっちゃうわけ。ようやく供養し終えたものを、少し前に一気に持ってきたって話」

「善珠院って、御堂さんのご実家ですよね。お寺から持ち込まれることもあるんですか……？」

「善珠院は神上寺と繋《つな》がりがあるし、特例的にね。なにせ向こうは忙しいから焚き上げまでしてらんないんだろうし、神上寺で供養祭やってるならついでに……ってくらいに考えてるんでしょ。もはや、下請けみたいな」

「……そう、ですか」

「それで一体供養できてなかったとか、ほんと迷惑」

妙にトゲのある言い方が少し気になったものの、雰囲気的に、そこを掘り下げることはできなかった。

ともかく、雛人形を持ち込むことになった複雑な事情を知り、爽良は頭を抱える。

断れば、神上寺はさぞかし困るだろう。

内容によっては断る選択肢も用意していたけれど、話の序盤からすでに同情してしまっている。

ただ、そんな爽良にも、無視できない気がかりがあった。

「ちなみに、供養殿で暴れてたっていう話でしたけど、鳳銘館の住人の皆さんに危険はないのでしょうか……」

それはもっとも重要なポイントであり、もし人に危害を加える可能性があるならば、さすがに受け入れるわけにはいかない。

しかし、碧は悩みもせずに首を横に振った。

「それは全然大丈夫。暴れてたっていっても、並んでた人形たちが雪崩《なだれ》を起こしたっていう程度だし。まぁ、確かによく動くんだけど……、そもそもたいして力のある霊じゃないから、そういうことに慣れてる鳳銘館の住人の方々にとっては取るに足らないものだよ」

「なる、ほど……」

「どう？……いい？」

「…………」

結局、圧に押されて爽良は頷《うなず》く。

すると、碧は途端に目を輝かせ、爽良に思いきり抱きついた。

「よかった！　ありがと！」

「ちょっ……」

たちまち碧の香りに包まれ、爽良は硬直する。碧の距離感の近さは最初からだが、スキンシップの多さにはいまだ慣れない。

碧は戸惑う爽良を他所《よそ》に、体を離すと早速バッグを抱え上げた。

「じゃ、部屋に運ぶね」

「てっ……、手伝い、ます」

「いいよ、私けっこう力あるから平気！……あ、でも、部屋に並べるのだけ手伝ってもらってもいい？」

「は、はぁ……」

「じゃ、一緒に行こ！」

爽良は、あっという間に周囲を自分のペースに巻き込んでしまう碧の勢いに、ただただ圧倒されていた。

そうこうしている間にも碧はすでに二階まで階段を上がっていて、爽良は慌ててその後に続く。

駆け上がりながらふと見下ろすと、玄関ホールに残る礼央と目が合った。

「礼央……？」

なんだか意味深な視線に思わず名を呼ぶと、礼央は首を横に振る。

「気をつけて」

「……うん」

そして、礼央は東側の廊下へ向かっていった。

去っていく背中がなんだか気がかりで、爽良は思わず立ち止まる。最近では、礼央の様子を見かけるごとに小さな不安が蓄積していた。

爽良の心の中には、できるだけ早いうちに、礼央と本音で話をしたいという思いがある。しかしその前に、いまだ輪郭のはっきりしないこの感情の正体を突き止めたいと考えていた。

なかなか前に進めない焦りが、じりじりと不安を煽《あお》る。

「……爽良ちゃん？　どした？」

ふいに声をかけられ我に返ると、すでに三階に着いた碧が手すり越しに爽良を見下ろしていた。

「す、すみません……！」

爽良は複雑な思いを心の奥に無理やり押し込み、慌てて階段を駆け上がった。

碧の部屋は、いまだに物が少なくガランとしていた。

リビングには小さな冷蔵庫と床に直置きされた電子レンジがあり、家具は一脚の椅子のみ。座面にはノートパソコンが無造作に置かれていた。

「荷物、まだ運んでないんですね」

「ううん、一応全部運び終えたよ。ごちゃごちゃするのが嫌いだから、元からあまり多くないの」

碧はそう言いながら、リビングから見て右手の部屋に入りバッグを下ろす。

リビングの様子からある程度予想していたけれど、その部屋は完全に空っぽで、使われている形跡がまったくなかった。

「じゃ、始めよっか。私が出すから、爽良ちゃんは並べてくれる？」

碧は早速バッグを開けると、腕を突っ込んで雛人形を取り出し爽良に差し出す。その雑な仕草にヒヤヒヤしながら、爽良はそれを受け取り周囲に並べた。

とある事実に気付いたのは、ちょうど半分を並べ終えた頃。

「全部お雛様なんですね……」

ずらりと並んだのはすべてお雛様であり、揃いのお内裏様はおろか、三人官女や五人囃子《ばやし》の姿も見当たらなかった。

碧はさほど興味ないのか、二つ目のバッグを開けながら頷く。

「そうそう。私も選別しながら気付いたんだけど、怪しいのは全部お雛様だったんだよね」

「……なにか理由があるんでしょうか」

「さあ……。憑《つ》いてるのが女性なんじゃない？　お雛様って着物もひときわ豪華だし、目を引くじゃん」

その適当な返事から、霊の正体にはいっさい興味がないという雰囲気がわかりやすく伝わってきた。

碧にとっての目的はトラブルの解消ただ一つであり、はなから霊の事情に深入りする気はないのだろう。

御堂とはまた種類が違うけれど、霊に対するこの素っ気なさは血筋なのか、もしくは霊能力者として働く中で身に付くものなのか、つい考えてしまった。

やがてすべてを並べ終えると、碧は周りを囲うお雛様をじっくりと眺めながら小さく息をつく。

「……さて。あとは地道に絞っていくしかないね。爽良ちゃん、手伝ってくれてありがとう」

「いえ、これくらい全然……」

改めて見てみれば、なんだか異様な光景だった。

ただ、お雛様《ひなさま》ばかりを並べたことで、それぞれの着物や表情や装飾品の違いがよくわかり、ある意味壮観とも言える。

とはいえ、中には顔が割れていたり黒ずんでいたりと傷みの激しいものもあり、いつまでも鑑賞する気にはならなかった。

なんだか居心地の悪さを覚え、爽良は後ずさりするように部屋を出る。

敷居を跨《また》いだ瞬間、周囲の空気がふわっと緩んだ気がした。

やはり、雛人形のいずれかによくないものが憑いているのだと、爽良は改めて確信する。

そんな爽良の反応を見て、碧が小さく笑った。

「かなり微妙だけど、やっぱ漂ってるんだよねぇ、気配が。いったいどれに隠れてるんだか……」

「あの……、ちなみに、どうやって絞るんですか？」

「お札を駆使して何体かずつ隔離しながら、明らかに違うやつを除外していくって感じかなぁ。もちろん動いてくれなきゃ成立しない作戦だし、いざ動いたところで、ただの霊障だったたってオチも何度かあったから、かなり慎重に調べないと。……ま、地道にやるしかないよね」

「でも、よく動く霊なんですよね？」

「うーん、供養殿ではそうだったけど、環境が変わったことで警戒してるだろうし、どうかな。……もういっそ、いっしょくたにして強引に祓《はら》っちゃえば早いんだけどさ」

「強引に……って」

そう聞いて思い出すのは、やはり御堂のこと。霊を祓ったときの光景が条件反射のように脳裏に蘇《よみがえ》り、つい表情が強張《こわば》る。

すると、碧は苦笑いを浮かべた。

「いやいや、やらないよ。住職がそういうの嫌がるし、だいたい、そこまでする程迷惑かけられてないし。……まあ、かといって思い入れも別にないけど」

「そう、ですか」

「気になる？」

「……いえ、じゃあ私、戻りますね」

長居すると余計なことを考えてしまいそうで、爽良は逃げるように部屋を後にした。

階段を下りながら、どっと疲労感を覚える。なぜだか、無性に紗枝の顔が見たくなった。

紗枝の姿はついこの間見たばかりで、現れてくれる可能性は低かったけれど、爽良は衝動のまま庭に出て周囲を見渡す。

しかし、やはり紗枝の気配はどこにもなく、その代わりにロンディが勢いよく駆け寄ってきた。

「やっぱいないか。……もちろん、出てきてくれない方がいいんだけど」

爽良はひとり言を呟《つぶや》きながら、ロンディの頭を撫《な》でる。

心はたちまち癒《いや》されていくけれど、そのときは、複雑な感情を完全に拭《ぬぐ》い去ることはできなかった。

思えば、霊を怖いものとしてただ逃げ続けていた頃は、とにかく消えてほしいと、目の前に現れないでほしいという以外に望みはなく、ある意味シンプルでいられた。

しかし、鳳銘館で過ごす中で、紗枝をはじめ癒されるべき存在と出会ってしまった今は、そう単純な問題ではなくなってしまった。

とはいえ、祓う力も癒す力もない爽良の意見は、御堂にとってはただの綺麗《きれい》ごとでしかない。

まさにそれが、御堂を苛立《いらだ》たせる最大の原因となっている。

「……考えるのやめよう」

爽良は気持ちを切り替えようと、足元に転がっていたボールを遠くに投げた。

けれど、ボールを追いかけて行ったロンディを待つ間にも、今度は雛人形のことが頭を過《よぎ》る。

次から次へとキリがなく、爽良はうんざりして空を仰いだ。

ただ、ひとつだけ確実に言えるのは、未熟な自分が不用意に首を突っ込むべきではないという事実。

目の前には、ただでさえ解決すべき案件が山積している。

爽良は、駆け寄ってきたロンディからボールを受け取りながら、今回の件には関わるまいと、密《ひそ》かに心に誓った。

そのときの爽良は、数日後の自分が嫌でも関わらざるを得ない状況に陥ることなんて、想像もしていない。


「――これは、どういうことでしょうか……」

ある朝、ロンディの散歩から帰宅した爽良が玄関を開けると、その瞬間目の前に広がった光景に硬直した。

「あ、爽良ちゃん」

そこにいたのは、碧、御堂、そして礼央。ニコニコと手を振る碧の一方で、御堂と礼央は神妙な表情を浮かべ、玄関ホールはなんだか異様な空気に包まれている。

ただ、その場でもっとも異彩を放っていたのは、床にずらりと並べられた雛人形の姿だった。

碧は、なかなか状況が摑《つか》めないでいる爽良に駆け寄り、目の前で両手を合わせる。

「聞いて、爽良ちゃん。この子たち、全然動かないの」

「はい……？」

「私の部屋じゃ、警戒を解いてくれなくて。……だからさ」

最後まで聞かなくとも、続きは目の前の状況が物語っていた。

爽良は言うべき言葉を必死に探すが、あまりの混乱に言葉が出ない。

すると。

「ここ、共用の場なんだけど」

さも迷惑そうにそう言ったのは、御堂。まず言うべきは確かにそれだと、爽良は同調の意を込めて何度も頷《うなず》く。

しかし、ある意味予想通りというべきか、碧はまったく引かなかった。

「ほんの少しの間でいいの。もう少し候補が絞れたら、あとは自分でなんとかするから……」

「で、ですが……」

「お願い……！　ほら、霊だってこのまま人形に引き籠《こも》ってる間にいろいろ拗《こじ》らせるかもしれないし、そうなると無理やりどうにかするしかなくなっちゃうし……」

「…………」

おそらく、碧は爽良がもっとも避けたい事態を察しているのだろう。

爽良が抱える葛藤《かっとう》について碧に打ち明けたことはないが、御堂から聞けばすぐにわかることだ。

一瞬ずるいと思ったけれど、ただ、霊を悪いようにしたくないという思いからの行動であることは確かで、爽良は責めることもできずに口を噤《つぐ》む。

　すると、そのとき。

「爽良が執着されやすいこと知ってて、利用する気？」

　突如口を挟んだのは、礼央。

　しかし、碧はいっさい悪びれることなく、あっさりと頷いた。

「利用って言い方は聞こえが悪いけど、否定はしないよ。協力してほしいってのはつまり、そういうことだし。ただ、爽良ちゃんだけじゃなくて、住民の皆さんにね」

「取り返しのつかないことになったら、どうすんの」

「ならないよ。たいした霊じゃないって何度も言ってるのに」

「保証できる？」

「霊を相手に百パーセントを求めるのは横暴じゃない？　でも十中八九大丈夫」

「たった八割でそんな偉そうに――」

「わ、わかりました……！」

　静かに、けれど確かに緊張を帯びていく空気に耐えられず、爽良はなかば衝動的に口を挟んでいた。

　二人の視線が一気に爽良に向けられる。

　目を輝かせる碧の一方、礼央は珍しく不満を表に出していて、なんだか酷《ひど》い疲労感を覚えた。

「喧嘩《けんか》しないでください……。碧さんを信用して、少しの間だけなら許可しますから……」

「爽良」

「その代わり、少しでも危険なことが起こったら即刻部屋に戻してください。あと、碧さんは極力外出を控えて、すぐ対応できるようにしてもらえま──」

「了解！」

言い終えないうちに、碧の嬉《うれ》しそうな声が響いた。

そして、御堂や礼央からの反論を耳に入れない意図か、碧はわざとらしく時計を見ると、ずいぶん慌てた様子で階段を上がっていく。

「やばいやばい、今からクライアントとオンラインで打ち合わせだった。爽良ちゃんありがと！　なにかあったらすぐ報告して！」

「……わかりました」

爽良の返事は、ドタドタと響く足音に掻《か》き消された。

ひとまず騒ぎは収まったものの、今度は背後から鋭い視線を感じて緊張が走る。

御堂はおそらく、何故許可したのかと爽良を責めるだろう。折れてしまった手前、もはや覚悟するしかなく、爽良はおそるおそる振り返った。

しかし。

「……碧が迷惑かけてごめん」

御堂が口にしたのは、予想だにしないひと言だった。

「え……？」

「碧は昔から強引だし、一度言い出すと、こっちがどれだけ粘ってもどうせ貫き通すから、結果はわかってたっていうか」

「そう、なんですね……。私は全然……」

なんだか調子が狂い、爽良は戸惑う。

すると、御堂は爽良に背を向けて西側の廊下へ向かいながら、床に置かれた雛人形《ひなにんぎょう》にチラリと視線を向けた。

「ただ、碧は適当に見えて霊の見立てに関しては正確だから、たいした霊じゃないってのは間違ってないと思う。でも、なにか困ったことがあったら言って」

「はい……、ありがとうございます」

思わぬ気遣いに戸惑いながらもお礼を言うと、御堂は頷きその場を後にする。

残された爽良は、ようやく肩の力を抜いた。すると。

「ごめん爽良」

今度は礼央から謝られ、爽良は慌てて首を横に振った。

「ど、どうして礼央が」

「御堂さんはああ言うけど、俺が余計なこと言ったから、収拾つけるために許可せざるを得なくなったんじゃないかって」

「そんなことないよ……！」

否定したものの、礼央は少し沈んでいるように見えた。そんな様子はあまり見たことがなく、なんだか罪悪感が込み上げてくる。

「あの……、私ね、御堂さんや碧さんがときどき言う、〝強引に祓《はら》う〟って言葉がどうしても怖くて。……それも、被害を広げないための手段のひとつなんだって、理解しようとしてはいるんだけど、それでも……。だから、どのみち許可してたと思う。結局は、浮かばれてほしいっていう結論に至っちゃうと思うから」

気付けば、本音をそのまま口にしていた。

御堂なら「甘い」と一蹴《いっしゅう》するであろうこの思いは、礼央以外には言えない。

「……そう」

本当に納得したかどうかはわからないが、礼央は頷いた。

爽良はずらりと並ぶ雛人形たちを改めて眺める。

「とはいえ、この見た目だけですでに怖いっていう……」

正直、かなり憂鬱《ゆううつ》だった。

もちろん、たいした霊ではないという碧の言葉を疑ってはいない。

ただ、そのときの爽良は、心霊現象だけではなく、いろんな意味で波乱が巻き起こりそうな予感を拭《ぬぐ》うことができなかった。

予感が早くも的中したのは、翌朝のこと。

爽良は、玄関ホールから響く話し声で目を覚ました。

時計を見れば、まだ六時前。

なにごとかとベッドから這《は》い出た爽良は、部屋の外を確認するためドアノブに手をかけた、──瞬間。

「──ロンディが不憫《ふびん》だろ」

あからさまに苛立《いらだ》っている御堂の声が聞こえ、爽良は思わず動きを止めた。

「しょうがないじゃん。しばらく部屋で寝かせてあげれば？」

続けて聞こえたのは、さも面倒そうに答える碧の声。

「昨晩も部屋に入れたけど、ずっとソワソワして寝ないんだよ。気配なんて慣れてるはずのロンディが落ち着かないなんて滅多にないのに」

「そんなこと言われたって、動物がどういう感じ方をするかまで想定してなかったしさ……、単純に相性が悪いだけじゃないの？」

「俺らが気付かないレベルで挑発されてる可能性もあるだろ」

会話から察するに、夜はだいたい玄関ホールで過ごすロンディが、どうやら昨晩は御堂の部屋に行ったらしい。

御堂が言うように、ある程度の気配なら慣れているはずのロンディが御堂を頼ったとなると、不安を覚えるようななにかを感じ取った可能性がある。

「……とにかく、迷惑だ。寺に持って帰るか、今すぐなんとかしろ」

なんとかしろという言葉の威圧感に、爽良は不安を覚えた。

ただ、詳細はわからないにしろ、霊の気配が問題ならば、爽良には思いつく解決法がひとつあった。

それは、当面の間、夜間は結界が張られているこの部屋でロンディを匿《かくま》うこと。

爽良は早速その提案をしようと、ドアノブを摑《つか》んだ手に力を込める。――しかし。

「てかさ、……本当に、なんとかしちゃってもいいの？　そりゃ、住職の意向さえ無視すれば全然できるけどさ。この雛人形のほとんどは、善珠院から持ち込まれたものなんだよ？」

突如、碧がやけに含みのある口調でそう言った。

急に雰囲気が変わった気がして、爽良は戸を開けることができずにそのまま立ち尽くす。

御堂からの返答は聞こえてこないけれど、碧はさらに言葉を続けた。

「今のところ、なにが憑《つ》いてんのかもさっぱりわかんないんだし、万が一のことだってあるよ？　それでもなんとかしろって言う？　吏はそれで本当に大丈夫？　後悔しない？」

会話の内容は理解できなかったけれど、その煽《あお》るかのような言い方に、爽良は言い知れない不安を覚える。

緊張感の漂う沈黙が、しばらく続いた。

やがて小さな舌打ちとともに、玄関から外に出ていく乱暴な物音が響く。

静まり返ったことを確認し、おそるおそる戸を開けると、碧はいたっていつもと変わらない様子で爽良に手を上げた。

「おはよ」

「おはようございます。あの……」

「いや、顔に出過ぎ。さっきの会話聞いてた？」

「すみません、盗み聞きするつもりはなかったんですが……」

「いや、こんなところで喋《しゃべ》ってたら嫌でも聞こえるよ」

「…………」

「気になる？」

いたずらっぽい笑みに、なんだか力が抜けた。

爽良はいろんな言い訳を用意したものの、結局は素直に頷《うなず》く。

「……気になります」

すると、碧はさらに笑みを深めた。

「そりゃそうだよね。いや、実はさ。亡くなった吏のお母さんの魂がね、ずっと行方不明なの」

碧がさらりと口にした言葉があまりに衝撃的で、爽良の頭は真っ白になる。

「行方不明……？」

「っていうか、そもそも吏のお母さんが悪霊に憑かれて亡くなったっていう話は聞いてる……？」

「それは……、一応……」

「ならよかった。で、そんな死に方したら浮かばれるはずないのに、どこにもいなくて。いまだに手がかりすらないし」

「…………」

次々と並べられる内容を、爽良は上手《うま》く処理することができなかった。

そんな中、脳裏に蘇《よみがえ》ってきたのは、三〇一号室の結界に母親が関わっていたことを知ったときに見せた、御堂の反応。

その後に三〇一号室で見かけた御堂の様子は、どこか普通ではなかった。

あれはもしかして、――母親の魂を捜していたのではないかと、そう考えると妙にしっくりくる。

「だからさ、吏にとっては複雑なんだと思うのよ、霊に対してのスタンスが。ものすごく憎いんだけど、だからって片っ端から祓うわけにいかないっていう」

「なら、さっきの会話は、つまり……」

「お祭しの通り。ここにある雛人形の多くが一度は善珠院にいたわけだし、もし強引に祓っちゃって、それが実は母親だった……、なんてことになったらさ、さすがに夢見が悪いでしょ」

碧は淡々と語りながら、小さく笑い声を零《こぼ》す。

その瞬間、爽良の心の中に強い不快感が込み上げてきた。

「……可笑《おか》しいですか？」

冷静になる間もなく口を突いて出た言葉は、思ったより攻撃的に響いた。

碧は途端に笑みを引っ込める。

「え？」

「笑っているので。……今の話の、どこが可笑しいのかなって」

「爽良ちゃん……？」

訪れた、沈黙。

空気が張り詰める中、爽良はまっすぐに碧を見つめた。

心の奥の方では、誰かに対してこんなふうに強い言葉を向けたことはあるだろうかと、やけに冷静に考えている自分がいる。

それでも、言ったこと自体に後悔はなかった。——そして。

「ごめん」

碧の謝罪が玄関ホールに響き、爽良は我に返る。

「碧さん……」

「さっきのはすごく不謹慎だった。……完全に言い訳なんだけど、やっぱ感覚が麻痺《まひ》しちゃってて、よくない慣れ方してるみたい。嫌な思いをさせて、本当にごめん」

「そんっ……、というか、なにも知らない私が口出ししてしまって……」

「ううん、自分でもこれじゃ駄目だなっていう自覚があるし、そもそも『その考えはやばいって思ったら遠慮なく言って』って言ったのは私だから。むしろ、ありがと」

「いえ……、そんな……」

あまりに潔く謝られると、自分が冷静さを欠いていたような気がして胸が痛んだ。

それと同時に、面と向かって人に抗議するのはこんなにもエネルギーを消費することなのかと、初めての感覚に驚いてもいた。

一方、碧は持ち前の切り替えの早さで、なにごともなかったかのように話を先に進める。

「ともかく、そういう事情があって、過去に善珠院にいた可能性のある正体不明の霊には敏感になっちゃうわけ。吏だけじゃなく、この話を知ってる人はみんなそう」

「……そういうこと、ですか」

「とはいえ、この雛人形《ひなにんぎょう》に吏のお母さんが憑いてる可能性は限りなく低いんだけどね。気配を消したり人を翻弄《ほんろう》したりっていうのは、大概は何十年も彷徨《さまよ》って拗《こじ》らせまくってる霊がすることだから。ただ、可能性がゼロじゃない以上、下手なことはできないってのは事実」

御堂の苦しみを想像し、胸が疼《うず》いた。

そんな話を聞いてしまうと、御堂から聞いた後悔がより重いものに感じられてならない。

「いったい、どこにいらっしゃるんでしょうか……、御堂さんのお母さん……」

なかば無意識に呟《つぶや》くと、碧がわずかに眉根《まゆね》を寄せた。

「でもさ、どうなんだろうね。見つかったところで、単純によかったねで済む問題じゃないかもしれないでしょ」

「どういうことですか……？」

「いや……、もし吏のお母さんが酷く恨みを拗らせていて、無作為に人を呪い殺すような悪霊になってたらさ、……吏はどうするんだろうって思って」

心臓がドクンと大きく鼓動する。

どうするんだろうとは、おそらく、祓《はら》うのか否かという意味だろう。

しかし、実際はそんなに単純な二択ではない。

ようやく再会を果たしたところで、祓わねばならないような存在になってしまっていたらと思うと、全身から血の気が引いた。

「そんなことが起きたら……、御堂さんの心が壊れます……」

「だけど、あり得ないことじゃないからね。むしろ私たちからすれば、浮かばれてない可能性が高いっていう時点で十分に想定できる展開だよ」

「……………」

最悪な可能性を突きつけられ、爽良は今になって、碧が麻痺せざるを得なかった理由を察していた。

霊能力者として霊と向き合ってきた碧にとっては、御堂の置かれた状況も特別異常なことではないのだろう。

だとしても、どうか御堂にこれ以上の試練を与えないでほしいと願わずにいられない。

碧はすっかり黙り込んでしまった爽良の肩に触れ、困ったような笑みを浮かべた。

「とはいえ、今のところは想像の域を出てないんだから、そんなに暗い顔しないで。……ついでに言えば、吏はお母さんが鳳銘館を彷徨ってるんじゃないかって考えてるんだと思うよ。現に、霊を恨んでいながらも、鳳のおじさまが亡くなった今もまだここに住んでるわけだしさ」

「碧さんは、御堂さんのお母さんと鳳銘館の繋《つな》がりをなにかご存じなんですか……？」

「繋がり？……いや、わかんないけど、むしろ繋がりなんてあるの？　私は単純に、ここって浮かばれない霊が集まる場所だからそう思っただけで」

「……な、なるほど。そうですよね……」

どうやら碧は、三〇一号室の結界に御堂の母親が関わっていることを聞いていないらしい。

御堂が話していないのなら勝手に言うべきではないだろうと、爽良は慌てて誤魔化した。

　幸い碧はそれを追及することなく、すっかりいつも通りの明るい笑みを浮かべる。

「まあ、ともかく、雛人形からなにか反応があったら教えて。礼央くんからも文句言われそうだから、説得してくれると嬉《うれ》しい！　よろしく！」

「あ、待っ……」

　咄嗟《とっさ》に引き止めたものの、碧は逃げるように階段を上がっていった。

　爽良はぐったりと脱力し、改めて雛人形を見下ろす。

　御堂の母親の話を聞いたせいで忘れかけていたけれど、雛人形の件はもっとも頭の痛い問題だった。

　爽良はひとまず怖がっていたというロンディの様子を見に行こうと、一旦《いったん》考えるのをやめて玄関を開けた――瞬間。

　玄関ポーチの柱にもたれかかる御堂と目が合った。

「み、御堂さん……！」

　そのいかにも不機嫌そうな表情を見て真っ先に頭を過《よぎ》ったのは、碧との会話を聞かれていたのではないかという不安。なんだか怒られるような気がして、爽良は反射的に身構える。

　しかし、御堂はしばらく逡巡《しゅんじゅん》するように瞳《ひとみ》を揺らした後、どこか居心地悪そうに溜《た》め息をついた。

「爽良ちゃん」

「……はい」

「ありがとう」

「……は？」

「ちょっとスッとしたわ」

心当たりのないお礼に、爽良はポカンと御堂を見上げた。

けれど、御堂に説明してくれるような気配はない。そして。

「わかんなくていいよ、言っときたかっただけだし。……じゃ、俺は屋根の補修してくる」

そう言って爽良に背を向け、西側の庭へ向かった。

その後ろ姿を目で追いながら、爽良はふと我に返る。

「あの、御堂さん……！」

「ん？」

「……あ、えっと……」

碧から衝撃的な話を聞いたせいで、心の中には、御堂に聞いてみたいことや話したいことが渋滞していた。

けれど、言いかけたもののどれも安易に口にしていい内容ではない気がして、爽良は咄嗟にすべてを呑《の》み込む。

「そ、そうだ、夜間はしばらく私の部屋でロンディを預かりますね……。結界の中なら、安心かなって」

「……ああ、それは名案かも。助かる」

御堂は少し意味深な沈黙の後、そう言って頷《うなず》いた。

その後、東側の庭に向かうと、ロンディは耳も尻尾《しっぽ》もだらんと下げて小さく蹲《うずくま》っていた。

近寄ってくる爽良の姿を見て、ぱたんと一度だけ尻尾を振ったものの、起き上がる元気はないらしい。

「ロンディ」

名を呼ぶと、ロンディは寂しげな声でクゥンと鳴く。想像以上の憔悴《しょうすい》ぶりが、見ているだけで痛々しかった。

爽良はロンディの傍に膝《ひざ》を突き、背中をそっと撫《な》でる。

ふと気配を覚えて視線を向けると、ポプラの木陰からじっと見つめるスワローと目が合った。

「スワローも心配してるよ」

そう言うと、名前に反応したのか、ロンディは首を起こしてスワローを見つめる。

しかし、スワローに近寄ってくる気配はない。

「あ、そっか……、私がいるから近寄ってこないのかも……」

出会った頃から比べれば、スワローの爽良に対する態度はずいぶん和らいだ。とはいえまだまだ警戒されているし、打ち解けているとはとても言い難い。

今はスワローが傍にいた方が安心するだろうと、爽良は立ち上がってスワローに手招きする。

「私はまた後でくるから、ロンディをよろしくね」

しかし、背を向けた瞬間にロンディから服の裾《すそ》を咥《くわ》えられ、爽良は危うく前に倒れかけた。

「ちょっ……、ロンディ……」

振り返った途端、うるうるした上目遣いの目に捉《とら》えられる。

「だってほら、スワローが」

「クゥン」

「そんな顔しないで……」

この視線を振り切ることなんて、爽良にできるはずがなかった。

おそるおそるスワローの様子を確認すると、予想通りというべきか、さも不本意そうに目を細めている。

「ほ、ほら……、見てよあの顔……。怒ってるから……」

困り果てた爽良は、必死にロンディを宥《なだ》めた。——そのとき。

突如スワローがするりと動きだし、ロンディの傍まで来ると、その頬をぺろりと舐《な》めた。

まさかの行動に、爽良はその場で硬直する。

一方、スワローは爽良に見せたことがないくらいに穏やかな表情で、ロンディの毛繕いをはじめた。

みるみるロンディの表情が穏やかになり、尻尾もくるんと上向く。

おそらくスワローは、ロンディのために譲歩してくれたのだろう。

爽良のことなど見えていないかのような分厚い壁は感じるけれど、いつも纏《まと》っているような鋭い雰囲気はない。

爽良は二頭の邪魔をしないように、黙ってその様子を窺《うかが》う。

おそらく、死別した後もこうして仲良く一緒にいられるなんて、かなり稀有《けう》なことなのだろう。

そう考えると、途端に胸が締め付けられた。

普通なら、亡くなってしまった魂との再会が叶《かな》ったとしても、こんなに違和感なく穏やかな日々を過ごせるなんて考えられない。

それは、爽良がこれまでに視てきた数々の霊たちを思い返せば言うまでもなく、ついさっきも、救いのない仮説を淡々と並べる碧から学んだばかりだ。

ふいに、――「吏はどうするんだろう」という、碧が零《こぼ》した疑問が頭を過る。

当然、爽良が考えたところで答えが出るはずなどない。

けれど、その疑問は爽良の心の深いところに張りついたまま、いつまでも離れてくれなかった。

その日の夜。

部屋に入れたロンディが眠ったのを確認した後、爽良は入浴するためそっと部屋を出た。

浴室に入ると、壁面のラックにはマッサージグッズと思《おぼ》しき多種多様な器具が溢《あふ》れかえっていて、爽良はそれらを避《よ》けながらボディソープを手に取る。

二つある浴室のうちの片側は、これまで住人の中で唯一の女性だった爽良専用にしてもらっていたが、碧も使うようになってから一気に物が増えた。

原則、共有の設備に私物を置きっぱなしにしないという決まりがあるが、二人しか使わないこの浴室に関しては例外としている。

とはいえ、用途のわからないグッズは日々増える一方で、爽良はその一つを手に取ってまじまじと見つめ、驚くほど殺風景だった碧の部屋の様子を思い浮かべた。

「どうしてお風呂《ふろ》場《ば》だけ……」

本人もそう語っていたし、物を多く持ちたがらない主義だと認識していたけれど、ここにその片鱗《へんりん》はない。

ただ、今のところ邪魔だと感じる程でもなく、もしまた女性が増えるようなことがあればそのときに考えようと思いながら、爽良は湯船に浸《つ》かった。

途端に体から疲れが抜けていくような感覚を覚える。

浴槽に頭を預けると、真っ白い天井と最新の浴室乾燥機が目に入った。

こうも鳳銘館の名残を残さずリフォームされてしまうと、たまに、自分が今どこにいるのかわからなくなる。

水回りの傷みは建物にとって致命的であり、新しいに越したことはないという判断でのリフォームだったと聞いているが、鳳銘館にすっかり馴染《なじ》んでしまった今の爽良にとって、蛇口やシャワーの無駄のないデザインはどこか物足りない。

細部までデザインを施された美しい調度品の数々に、すっかり愛着が湧いてしまっている。

以前はどんな浴室だったのだろうと想像しながら、爽良はゆっくりと目を閉じた。——そのとき。

突如、肩にひんやりしたものが当たり、一気に思考が覚醒《かくせい》した。

咄嗟《とっさ》に肩に触れてみたものの、とくに異変はない。ただ、結露が落ちてきたにしては、あまりにも冷たかった。

なんだか嫌な予感がして、爽良はおそるおそる周囲の気配に集中する。

できれば杞憂《きゆう》であってほしいと願ったものの、残念ながら、新たな異変が起こったのはそれから間もなくのことだった。

いた。
全身に震えが走り、爽良は、湯船の湯温が急激に下がりはじめていることに気付く。
浴室に立ち込めていた湯気もあっという間に消え、周囲の空気は明らかに張り詰めて
爽良は咄嗟に湯船から上がり、ひとまずここから出ようと慌てて戸に手をかける。―
―しかし。
その瞬間、視界に入ったのは、半透明の戸越しに動いた小さな影。爽良は反射的に動
きを止めた。
見れば、影の大きさは二十センチ程。ぼんやりとした輪郭の中に、赤や金などの鮮や
かな色味が透けて見える。
その正体を察するまで、さほど時間はかからなかった。
頭に思い浮かんでいたのは、雛人形《ひなにんぎょう》の姿。その形状や色から、むしろそれ以外に考え
られない。
ただ、あの雛人形が戸の向こうで動いていると思うと、あまりの恐怖に全身が震えた。
爽良は戸から手を離し、ゆっくりと後退《あとずさ》る。
一方、雛人形の影はカタ、カタ、とぎこちなく動きはじめ、やがて、キィと音を立て
て戸が細く開いた。
「っ……」
悲鳴は声にならなかった。

心臓がドクドクと鼓動を速めていく中、程なくして戸の隙間から切れ長の目がわずかに覗《のぞ》く。

その無感情な目が、余計に不気味だった。

さらに後ろに下がろうとしたものの、すぐに踵《かかと》が湯船に当たる。

無防備な場所で、しかも逃げ場がないというこの状況は、爽良の恐怖をいつも以上に煽《あお》った。

そうこうしている間にも、雛人形は戸の陰から全身を露《あら》わにし、カクンと首を傾け爽良を見上げる。──しかし、そのとき。

「──ヒット！」

場にそぐわない明るい叫び声が響き、碧が姿を現した。

状況がまったく理解できない爽良を他所《よそ》に、碧は意気揚々と雛人形を拾い上げる。──けれど。

「え、嘘でしょ……。もう中身がいなくなってる……」

残念そうにそう呟《つぶや》き、がっくりと肩を落とした。

「碧、さん……？」

震える声で名を呼ぶと、碧はようやく爽良と目を合わせる。

そして、さっきまで動いていた雛人形を掲げて見せた。

「せっかく罠《わな》に引っかかったと思ったけど、逃げられちゃった。予想はしてたけど、かなり素早いよね……。ま、この子にお札を張っておけば除外できるし、候補が減ったと思えば……」

「罠……？」

「っていうか、風邪ひくから一回お風呂に入り直す？」

そう言われ、爽良は今さら自分が裸だということに気付く。

とはいえすっかり混乱した爽良には慌てる余裕すらなかった。

すると、碧はひとまず脱衣所からバスタオルを取り、爽良に渡す。そして、今度は湯船に手を入れ眉間《みけん》に皺《しわ》を寄せた。

「うわ、冷た……！　氷風呂みたいになってる……」

「あの……」

「これじゃ追い焚《だ》きより張り直した方が早いかも……。時間がかかりそうだから、一旦《いったん》着替える？」

「こ、これは、どういう……！」

一向に説明をもらえないことがもどかしく、つい声が大きくなった。

一方、碧はこてんと首をかしげ、棚から球体のマッサージグッズをひとつ持ち上げる。

「どういうって、雛人形が動くかもしれないと思って、逃さないためにこれに式神を仕込んでおいたの。それで、まんまと現れてはくれたんだけど、逃げられちゃったってい
う」

「式神……」

式神と聞いて思い出すのは、かつて依が鳳銘館の様子を探るために爽良に仕込んだ奇妙な術。

あのとき御堂から聞いた説明によれば、式神とは通常、人を象《かたど》った一対の紙や人形に念を込め、片方を自分が持つことで、もう片方に自分の分身のような役割を持たせることができるという話だった。

どうやら碧は、浴室のマッサージグッズの中に式神を仕込んでいたらしい。

つまりそれが「罠」であり、そのお陰で碧は、雛人形が現れたことをすぐに察することができたのだろう。

「えっと……、碧さんが式神の片割れを持っていたということ、でしょうか……」

「うん、そういうこと」

「なる、ほど……」

奇想天外な方法であることはともかく、理解が及ぶと同時に、爽良はひとまず落ち着きを取り戻した。

ただ、混乱と入れ替わりに浮かんできたのは、小さな不満。

「ところで……、こんなところにわざわざ罠を仕掛けたっていうことは、碧さんの中では、私が狙われるっていう確信があったってことですよね……？」

というのも、この浴室を使う人間は、碧と爽良の二人しかいない。

確かに碧は、玄関ホールに雛人形を並べたとき、爽良を利用する気かと詰め寄った礼央の言葉を否定しなかった。

ただ、協力を仰ぎたいのは爽良だけではなく住民の皆にだと言っていたし、あのときの爽良は言い合いが激化しそうな二人を止めることに必死で、こうもわかりやすく自分が餌にされる展開など想像していなかった。

けれど、早速こんなことが起きてしまった以上、現実に向き合わざるを得ない。

「もちろん、雛人形が動き出したらまずは爽良ちゃんのところに出そうだな……ってくらいは考えてたよ。ただ、部屋には結界が張ってあるから除外だし、それ以外で一人になる場所って考えたら、やっぱ浴室でしょ。……にしても、想像以上に反応が早かったよね。ここまで吸い寄せ体質な人、出会ったことがないかも」

「…………」

「だけどさ、そんなに怯《おび》える必要ないよ。しつこいようだけど、危害を加えたりはしないはずだから」

そうだとしても、恐怖はまた別問題だと爽良は思う。

不気味に動く雛人形が、しかも無防備な浴室で戸越しに現れるなんて、気が気ではない。

しかし、一度は許可してしまった以上、ただ怖いという理由で協力を撤回するわけにはいかなかった。

碧はショックで呆然《ぼうぜん》とする爽良の手を引き脱衣所へ出ると、すっかり冷えきった髪にタオルを被《かぶ》せる。

「ともかく、雛人形がこうして動いてくれるなら捕まえるチャンスも増えるわけだし。爽良ちゃんの協力には心から感謝してるよ。本当にありがとね！」

明るい感謝の言葉が、まるでトドメのように爽良の胸に刺さった。


その後、碧は新たな式神を仕掛けると言いながらいそいそと部屋に戻り、着替えを終えた爽良が廊下に出ると、礼央の姿があった。

おそらく、騒ぎを聞きつけたのだろう。

「出たの？　雛人形」

「……あ、うん。捕まえられなかったみたいだけど……」

「大丈夫？」

どっと疲れた心に、礼央のまっすぐな心配が染み渡った。

一瞬、泣き言を言ってしまいたい衝動に駆られたけれど、そんなことをすれば礼央が碧に抗議しに行く気がして、必死に気持ちを抑える。

「碧さんも言ってた通り、攻撃的な感じはなかったし……。これで捕まえられるっていうなら、許容範囲というか……」

「でも怖かったでしょ」

「そうだけど、これで一体は除外できるみたいで」

「どうでもいいよ、そんなの。落ち着くまで談話室に行く？」

碧の計画の進捗《しんちょく》を語る爽良に対し、礼央が気にしてくれているのは、あくまで爽良の気持ちだけだった。

礼央はいつもこうだと、その揺るぎなさに心が締め付けられる。

けれど、この弱りきった心を委《ゆだ》ねたが最後、雛人形《ひなにんぎょう》のことなんて投げ出してしまいたくなる気がして、爽良は首を横に振った。

「まだ、平気。……先は長そうだし、今参ってたらもたないから」

礼央の存在はなにより心強いけれど、そもそも、きちんと話さなければならないという爽良の思いはいまだ果たされておらず、伝えるべき内容も定まっていない。

それに、今はただ人に縋《すが》りたいというよりも、こういうときに安心して見ていてもらえるくらいの存在でありたいという気持ちの方が勝っていた。

いずれは庄之助のようになるのだという、爽良が掲げた遠い目標への第一歩として。

「……もう少し、頑張ってみるね」

なんとか笑みを繕うと、礼央はわずかに瞳《ひとみ》を揺らした。

「……わかった」

ほんの数秒の間が、礼央の心情を物語っている。

爽良はその表情を見ながら、なんとしてもこの局面を乗り越えようと、そしてこれからは、できるだけ礼央にこんな顔をさせずに済むようもっと強くなろうと、改めて思った。──しかし。

そう簡単ではないと思い知ったのは、早くも翌朝のこと。

外に出たがるロンディに急《せ》かされて目を覚まし、眠い目を擦《こす》りながら部屋の戸を開けた瞬間、爽良の視界に映ったのは、床に散乱する雛人形の首。

「きゃぁっ！」

悲鳴を上げた途端、すぐに上階から足音が響き、碧と御堂が駆け下りてきた。

「爽良ちゃ……うわ……」

碧は惨状を確認するやいなや、わかりやすく顔をしかめる。

一方、御堂は表情ひとつ変えなかった。

「舐《な》められすぎでしょ……」

舐められているという言葉の根拠はわからないが、そのまったく焦りを感じさせない様子から、どうやら危険な状況ではないらしいと爽良は察する。

確かに霊障らしきものはなく、爽良はわずかに落ち着きを取り戻した。

「いちいち驚いてると、こうやって無駄にからかわれるから気をつけてね」

御堂はそう言い残すと、戸惑うロンディを連れて庭へと消えていく。

一方、爽良の足元では、碧が雛人形たちの首をかき集めていた。

「あーあー……、こんなバラバラにして、どれがどれかわかんないじゃん……」

碧はまるで子供が散らかしたおもちゃを片付けるかのような愚痴を零《こぼ》しながら、雑な仕草で首を両手で拾い上げる。

御堂と碧を前にすると、怖がっている自分の方がよっぽどズレているような気がしてならない。

「肌の色と質感で判断するしかないか……。うわビミョー……。ねえ爽良ちゃん、こういうの得意？」

急に話を振られて視線を向けると、碧は雛人形の体と首をそれぞれの手に持ち、首をかしげる。

普通じゃない光景に背筋がゾクッと冷えたけれど、爽良は碧の隣に座って、一体の雛人形をおそるおそる手に取った。

これまでまともに触れたことはなかったけれど、よく見れば、首のない襟元にはぽっかりと穴が空いている。どうやら、首のパーツは独立しており、着物の襟元に挿し込むような構造になっているらしい。

壊れていなかったことは幸いだが、そうなると元の組み合わせが分かり辛《づら》く、爽良は得意かと尋ねた碧の質問の意味を察した。

「私にも、よく……」

「そりゃそうか。……まぁ少々間違ってても、勝手に戻ってくれるでしょ」

碧は早々に諦《あきら》め、雛人形に次々と首を挿していく。

その適当な仕草を見ていると、自分がここまで肝が据わる日は永遠にこないかもしれないと、なんだか不安になった。

「よし終了。……さて、二度寝しょっかな」

碧はあっという間にすべてを終えると、大きく伸びをして階段へ向かう。

爽良は慌ててその手首を摑《つか》んだ。

「あ、あの……、今のでなにかわかったりは……」

爽良が考えていたのは、今回の件で、昨晩のように候補を絞ることができなかったのだろうかという疑問。

怖い思いをしたのだから、せめてなんらかの成果がないと割に合わないと考えていた。

しかし、碧はあっさりと首を横に振る。

「残念だけど、吏が言った通り、今回はただからかわれただけっぽいね。すでに、どこにも気配がないし」

「……そう、ですか」

ふいに、御堂がさっき言い残した「無駄にからかわれるから気をつけてね」という言葉が頭を過《よぎ》った。

今回はまさに怖がり損だったらしいと、爽良は肩を落とす。一方、碧はむしろ楽しげに雛人形たちを指差した。

「にしてもさ、改めて考えてみたら、全部の首が取れちゃってるって面白いよね。動かした張本人は、最終的に自分の首も取って転がしたわけでしょ？　絵面《えづら》がシュールすぎない？」

「シュール、ですか……」

碧はどうやら、気を落とした爽良を笑わせようとしてくれているらしい。

その気持ちだけは伝わったものの、爽良には、たった今起きた出来事をすぐに笑いに変えられる程の切り替えの早さはなく、曖昧《あいまい》に頷《うなず》くことしかできなかった。

「というか……、どうやったらそんなに平気でいられるようになるんですか……？」

思わずそんな質問を投げると、碧はキョトンとした表情を浮かべる。

「慣れ以外にないよ、そんなの」

ある意味予想通りの答えに、爽良は遠い道のりを想像して途方に暮れた。

すると、碧はさっきまでの笑みを収め、爽良の背中にぽんと触れる。

「ほら、そんな顔しないで……。そもそも爽良ちゃんはそんな特殊な体質を持ちながら、一般家庭に生まれたんでしょ？　そう考えたら逞《たくま》しい方だよ？」

「……すみません、そんなことを言わせてしまって」

「いやいや、慰めてるわけじゃなくて事実。でも、あえて助言をするなら、あんまり怖がると余計に標的になっちゃうから、たとえハッタリでも平然としてた方がいいよ。そしたら向こうも静かになるし、そうしてるうちに爽良ちゃんも慣れるし」

「ハッタリですか……」

「そうそう。世の中、ハッタリからモノになることもたくさんあるから。たとえば礼央くんとかもそうじゃん？　彼も昔から視えてたわけだし」

「いえ、礼央はハッタリなんかじゃ……」

ふいに礼央の名前が出て、爽良はポカンと碧を見上げる。

礼央とは幼い頃から一緒にいるが、礼央にも視えているという事実に爽良はまったく気付かなかった。

それくらい無反応だったし、視えると知った今も、怖がっているところなんて一度も見たことがない。

むしろ、あの動じなさは天性のものだと思い込んでいた。

しかし、碧は心外とばかりに首を横に振る。

「いや、彼も人間だよ……？　そりゃ、今は霊能力者も顔負けの見事な落ち着きっぷりだけど、生まれつきそんな人なんていないし、ハッタリだった時期も絶対にあるはず。不気味なものが自分だけに視えるなんて、普通は誰だって怖いんだから。爽良ちゃんが一番わかってるはずでしょ」

「それは……」

今まで考えもしなかったことをさらりと言われ、しかもその言葉には説得力があり、爽良はなにも言えなくなってしまった。

すんなりとは受け入れ難いが、確かに、礼央はどうしてこうも動じずにいられるのだろうと、不思議に思ったことなら何度もある。

「礼央はずっと、視えることを私に隠してました。それも、完璧《かんぺき》に。……だけど、本当は怖かったんでしょうか……」

礼央が爽良に隠そうと決めた覚悟を思うと、なんだか胸が詰まった。

碧は小さく首をかしげる。

「所詮《しょせん》本人にしかわかんないことだし、ただの予想でしかないけど、爽良ちゃんが気付かなかったなら相当必死だったんじゃない？　できた男だよね、腹立つくらい無愛想だけど」

「…………」

幼い頃の爽良は、自分だけが苦しんでいると思い込んでいた。

けれど、爽良には礼央という、苦しいときに逃げ込める場所があった。

その一方で、礼央は誰にも言わずに耐えていたのだと思うと、残酷なことをしてしまったという後悔が溢《あふ》れて止まらない。

しかも、礼央がそうやって強くなった一方で、自分は今もまだ怯《おび》えてばかりいる。

それがあまりにも恥ずかしく、そして情けなくて仕方がなかった。

「あれ、爽良ちゃん？　なんか顔色悪くない？」

「……最悪です」

「は？……なになに、どした？」

「いえ。ただ、私も頑張らないとって本気で思いました。……礼央みたいに」

「うん？……う、うん。とはいえ、そもそも爽良ちゃんには異常に執着されやすいっていう素地があるわけだし、そこはちゃんと自覚して、無理ない程度に……」

「わかってます」

　頷くと同時に、腹が据わった気がした。

　同時に、ずいぶん遅くなったものの、重要なことに気付くことができてよかったと心から思った。

　爽良のために強くならざるを得なかった当時の礼央のことを思うと、さすがにもう甘えたことを言う気にはなれない。

　碧の言う「ハッタリ」をすぐに実践できる自信は正直ないけれど、ただ、自分が目指すべき方向がぼんやりと見えたような感覚だけはあった。――ものの。

　その日以降も、まるで爽良の決意が試されるかのように、雛人形《ひなにんぎょう》の悪戯《いたずら》は頻度を増す一方だった。

　結界のお陰で部屋に入ってくることはないにしろ、寝ようとすると廊下から小さな足音が響き、戸を閉めようとすれば手や首などのパーツが挟まっているなど、気を抜く暇がない。

　ただ、あまりに回数を重ねたお陰というべきか、皮肉にも爽良は少しずつ恐怖心をコントロールできるようになり、叫んだりパニックを起こしたりすることは次第に減っていった。

しかし、問題は、一向に元凶の雛人形の候補を絞れないこと。

悪戯の内容がどれだけエスカレートしようと、浴室での遭遇以来、明確に気配を感じたことは一度もなかった。

そんな中、とある異変に気付いたのは、爽良が玄関ホールの掃除をしていたある朝のこと。

相変わらず床に雑然と並ぶ雛人形を見て、爽良はふと違和感を覚えた。

しかし怪しい気配はどこにもなく、気のせいだろうと思いながらも、なんとなく雛人形の数を数える。そして。

「あれ……？　減ってる……」

十七で数字が止まり、思わずひとり言を零《こぼ》した。

最初に持ち込まれたときは、全部で二十体。浴室の件で碧が一体を候補から外し、あと十九体あるはずだが、二体足りない。

念のため、もう一度数えてなおしてみたものの、やはり十七体しかなかった。

なんだか気味が悪く、爽良はモップを放り出して階段を駆け上がる。

行き先は、碧の部屋。

なにかあったらすぐに教えてほしいという碧の言葉を守り、爽良はどんなに小さな異変も逐一報告していた。

三階に着くと、爽良は西側の廊下を進む。しかし、目線の先で突如三〇七号室の戸が開き、反射的に足を止めた。

ちょうど出かけるところだったのだろうと、入れ違いにならなかったことに爽良はほっと息をつく。

しかし。

「――じゃあ、また」

開いたままの戸の向こう側から聞こえてきたのは、礼央の声だった。

踏み出しかけた足が固まり、心の奥が小さくざわめく。

頭では、とくにおかしな光景ではないと冷静に考えているのに、鼓動は明らかに動揺していた。

するると、今度は碧の声が響く。

「ほんと、ありがとね」

「……いいよ別に」

「助かった」

なんの変哲もない会話だけれど、声色から気安さが伝わってくる。

なぜだか聞いてはいけないような気がして、爽良は強張《こわば》った足を無理やり動かし、こっそりと廊下を引き返した。

そして、音を立てないよう注意しながら素早く階段を下り、二階の廊下に身を隠す。

隠れた理由は、自分でもよくわからない。

しかし、それを考える間もなく、すぐに誰かが階段を下りてくる足音が響いた。

爽良は音が遠ざかったことを確認してから、手摺《てす》り越しにそっと見下ろす。すると、玄関ホールから自分の部屋へ向かう、礼央の後ろ姿が見えた。

爽良は手摺りに頭を預けて脱力する。──すると、そのとき。

「あれ、爽良ちゃん？」

名を呼ばれて顔を上げると、階段を下りてくる碧の姿があった。

つい不自然に目が泳いでしまった爽良に、碧は怪訝《けげん》な表情を浮かべる。

「なにかあった？」

「え、……あ、えっと、雛人形の数が減っていて、その報告を……」

動揺の最中《さなか》、本題を思い出せたことは幸運だった。ただ、碧に驚く様子はなく、むしろ満足そうな笑みを浮かべる。

「そうだ、言い忘れてた。実は私の方でも少しずつ候補が絞れてきていて、二体除外したの」

「あ、そうだったんですか……」

「驚かせたよね、ごめんね」

二体ならば数字が合うと、爽良は納得した。

しかし、すぐに別の違和感を覚える。

「ちなみに、雛人形は碧さんの前で動いたんですか……？」

そもそも、碧の部屋では雛人形が動いてくれないという話から、玄関ホールに置くことになったはずだ。

さらに、それ以降の状況から判断する限り、雛人形が標的にしているのは爽良ただ一人だと言っても過言ではない。

けれど、碧の説明通りなら、雛人形は爽良の知らないところでなんらかの動きを見せたことになる。

「え、……あー、うん。……夜中にね、ちょっと」

歯切れの悪い返事に爽良の違和感はさらに膨らんだけれど、隠したいという気持ちをここまで露《あら》わにされると、追及するのも躊躇《ためら》われた。

「夜中、ですか……」

スッキリしない感情を燻《くすぶ》らせながらも、反応を窺《うかが》うことしかできず、爽良はぼそっと呟《つぶや》く。

すると、碧は突如なにかを思いついたかのように、両手を合わせた。

「っていうかさ、礼央くんってすごいよね」

いきなり話題が変わるやいなや礼央の名前が出てきて、爽良の心臓が跳ねる。

「え……？」

気持ちを切り替える間もなく、先ほどの二人の会話が脳裏に鮮明に蘇《よみがえ》った。

碧は爽良の動揺にまったく気付かないまま、さらに言葉を続ける。

「いや、無口だし顔に出ないからわかり辛《づら》いんだけど、彼の霊感は相当だよ。もっと詳しく知りたいのに、当の本人は自分の霊感の強さに全然興味がないのか、なにも話してくれないんだよね。……結構すごい体験してそうなのに」

「礼央の、霊感ですか……」

「うん。本気で鍛えればとんでもないことになりそう。爽良ちゃんもかなり特殊だし、類は友を呼ぶってやつかも。……ねえ、爽良ちゃんは、礼央くんの武勇伝をいろいろ知ってたりしない？」

興味津々とばかりに碧のキラキラした目が迫る一方、爽良の心には影が落ちた。またひとつ、知らない感情が生まれたような感触を覚える。

「……すみません。そういうのは、わからないです」

思ったよりも暗い声が出てしまい、碧の瞳《ひとみ》が揺れた。

「前にも少しお話ししましたけど、礼央に霊感があることを知ったのは鳳銘館に来てからですし、それまでは全然気付いてあげられなかったので。……そのせいで、礼央には数えきれないくらい迷惑をかけてきたと思いますけど……」

「そういえば、隠してたって言ってたね……」

「はい。だから、礼央の霊感のことなら、私よりもむしろ碧さんの方が理解してると思います」

「え？……いや、ちょっと待……」

「私、掃除が途中なので、そろそろ行きますね」

あまり感じのいい去り方ではないと、自分が一番わかっていた。

けれど、なぜだか、止められなかった。

爽良は逃げるように一階に下りると、置き去りのモップを素通りし、東側の廊下を奥まで進む。

なかば無意識的に、ガーデンへ向かっていた。

裏庭を歩いていると、ガーデンのかなり手前から鳥たちが飛び去っていく音が響き、自分の足取りがいつもよりずいぶん荒いことに気付く。

そして、ガーデンチェアに腰を下ろし、ゆっくりと息を吐きながら、自分が苛立《いらだ》っていることを自覚した。

なにが不満なのかは、よくわからない。心には確かにトゲトゲした気持ちが居座っているのに、処理できずにただ持て余している。

ひとまず落ち着こうと、爽良は木々や土の香りを胸いっぱいに吸い込んだ。

そして、目を輝かせて礼央のことを語っていた碧の姿を思い浮かべる。

改めて考えると、二人はどこか似ているような気がした。もちろん見た目や性格の話ではなく、あえて言うならば、纏《まと》う空気が。

心に抱えるものなのか、芯《しん》の強さなのか、思い当たる明確な言葉はない。けれど、ふと、相性がいいのかもしれないと考えた瞬間、なんだかしっくりきた。

「相性か……」

口に出すと、なんとも言えない気持ちになる。

最近の爽良は、次々と生まれる知らない感情に翻弄《ほんろう》されすぎていて、なんだか疲れを感じていた。

けれど、それでも、二人のことが頭から離れてくれない。

ふいに、――碧なら礼央が無理に強くならずとも、抱えているものを理解してあげることや、支えてあげることができるのかもしれないという考えが浮かぶ。

妙に納得してしまって、心がさらに重くなった。

「ああ、もう……」

途端に考えるのが嫌になり、爽良は天を仰ぐ。いつの間にか枝に戻ってきていた鳥たちが、その声に驚きふたたび飛び去って行った。

どうしてこうも荒《すさ》んでしまうのか、やはり自分ではよくわからない。

しかし、ふと、これは荒んでいるというよりも、落ち込んでいるのではないかと、――そう思い至った瞬間、胸がぎゅっと締め付けられた。

確かに、落ち込んでいる。――おそらく、礼央が三〇七号室から出てきたあのときから。

いきなり点と点が線になっていく感覚を覚えた爽良は、咄嗟《とっさ》に首を横に振って思考を中断し、勢いよく立ち上がった。

今は、自分の感情を知るのが怖い。

「……掃除、しよう」

あえて口にした呟きは、不安げに震えていた。


翌日、碧は寺で外せない仕事があるとのことで、朝早く出かけていった。

聞けば、帰りは遅くなるとのこと。

雛人形《ひなにんぎょう》を玄関ホールに置くことになったときに交わした、極力外出を控えてほしいという約束を気にしてか、碧は何度も「できるだけ早く終わらせる」と言い、申し訳なさそうに鳳銘館を後にした。

実際、碧がいた方が効率がいいことは間違いない。現に、爽良が雛人形からたびたびからかわれている間、碧は二体も候補から除外している。

けれど、思い返せば、碧は雛人形を玄関ホールに置いて以来、長時間の外出をまったくしていなかった。

おそらく、爽良が考えていた以上に約束を意識してくれていたのだろう。

言葉や態度があまりに軽く、そのせいで気付きにくいけれど、印象よりもずっと律儀らしい。

そういった部分は、出会った頃の御堂に通じるものがある。

そして、碧がいない一日は、妙に静かだった。

建物内に響き渡る程の明るい声が聞こえないことももちろん要因のひとつだが、それだけではない。

つねに身構えていたにも拘《かかわ》らず、その日、雛人形にはまったく動きがなかった。

それは、かえって不気味だった。

ほっとする反面、なんとなく落ち着かない。結果、爽良は午後からは自室に籠《こも》り、溜《た》めていた事務処理を片付けることにした。

没頭したお陰か、気付くと時刻は十八時半。

ふと窓の外を見ると小雨が降っていて、爽良は廊下の窓が閉まっているか不安になり、見回りをしておこうとパソコンを閉じる。

部屋から出る前、念のために覗《のぞ》き窓から雛人形の様子を確認したものの、とくに異変はなかった。

爽良は廊下に出るとまず三階まで上がり、窓を順番に確認して歩いた。

誰ともすれ違わない長い廊下を歩いていると、時折、ここがアパートであることを忘れそうになる。

入居者名簿を見る限り、過去には満室に近かった時代もあったようだが、爽良にはあまりイメージがわかなかった。

やがて三階、二階、一階の西側と、順調に確認を終えた爽良は、最後に一階の西側の廊下の奥へ向かう。

すると、ランドリールームの前の窓が細く開いていることに気付いた。

見れば廊下がしっとりと濡《ぬ》れていて、爽良は慌ててモップを取りに廊下を引き返す。

しかし、歩きながらふと、いったい誰があんな場所の窓を開けたのだろうという疑問が浮かんだ。

自分の部屋の前ならともかく、あまり利用者のいないランドリールーム前の窓に触れる人間はあまりいない。

外での作業が多い御堂はいつも細かく天気を把握しているし、雨の予報を知った上でわざわざ開けたりはしないだろう。

不自然は言い過ぎにしろ、一度気になってしまうとなんだか気になって仕方がなかった。

杞憂《きゆう》かもしれないが、碧も不在であり、警戒するに越したことはない。爽良は、これを手早く終え、ロンディを迎えに行った後はもう部屋に籠ってしまおうと、足早に廊下を進んだ。

やがて玄関ホールに着くと用具入れからモップを取り出し、雛人形たちを横目でチラリと見て、ふたたび西側の廊下を進む。

奇妙な気配は、とくにない。

しかし、廊下を歩きながら、爽良は、足先からじわじわと込み上げてくるような、嫌な予感を覚えていた。

というのも、さっきほんの一瞬だけ見た雛人形たちの光景が、頭に張り付いたままいつまでも離れてくれない。

なにかが変ではなかったかと、心が訴えている。

けれど、その答えを知るのが怖い。

いっそ気のせいだったことにしてしまおうと、爽良は無心でモップを動かし、掃除を終えるやいなや急いで廊下を戻った——そのとき。

どこからともなく感じた、酷《ひど》く禍々《まがまが》しい視線。

一刻も早く部屋に駆け込みたい気持ちとは裏腹に、足がピタリと止まった。

肌に触れる空気が、ゾッとする程に冷たい。

辺りは独特の気配に包まれ、その瞬間に爽良の頭を過《よぎ》ったのは、浴室での怖ろしい出来事だった。

だが、どこからともなく伝わってくるその感情は、あのときの比ではない程重い。

それは恨みのような悲しみのような、少なくとも、「たいしたことない霊」という碧の表現に当てはまるような軽いものではなかった。

身動きが取れない中、爽良はおそるおそる周囲に視線を彷徨《さまよ》わせる。

すると、突如頭上から強い気配を覚え、——同時に、ゴトンと重い音を鳴らして雛人形が落下してきた。

「っ……」

驚きに悲鳴も上げられず、爽良は崩れるように後ろに倒れ込む。

頭の片隅では、さっき雛人形たちを見たときに覚えた違和感の正体は、不自然に空いた一体ぶんの隙間だったのだと、妙に冷静に思い出していた。

やがて、雛人形は小さな手をピクリと動かし、カタカタとぎこちない動きで体を起こす。

落下の衝撃か、外れかけて不自然に伸びた首がグルリと動き、無感情な目がまっすぐに爽良を捉《とら》えた。

その雛人形には明確に気配があり、強い意志すら感じられる。

これまで数々のイタズラに使われてきた雛人形たちとは、存在そのものがまったく違っていた。

つまり、この雛人形こそが神上寺の供養殿で暴れた張本人なのだろう。そして、その標的は、明らかに爽良だった。

ふと、不自然に窓が開いていたのは、爽良を結界の外に留《とど》めておくための仕掛けだったのではないかと思い至る。

ただ、いくら霊から執着される体質といえど、そこまでされたとなるとさすがに違和感を覚えた。

いくらなんでも、狙いが限定的すぎないだろうかと。

だとすれば、爽良でなければならないなんらかの要望を持っている可能性がある。そう考えた爽良は、おそるおそる口を開いた。

「私に……、どうしてほしいん、ですか……」

かろうじて声が出たものの、雛人形に反応はない。代わりに、不気味に伸びた首がキシ、と嫌な音を鳴らす。

気を抜けば、恐怖に呑《の》まれてしまいそうだった。混乱の最中《さなか》、爽良はふと、幼い頃の礼央の苦労を思い浮かべる。

それは、碧と話して初めて気付いた、礼央の〝ハッタリ〟のこと。

ここ最近というもの、度重なる悪戯《いたずら》に遭遇するたび、それを思い浮かべることが習慣化していた。

爽良にとってはおまじないのようなもので、礼央の辛《つら》さを思うと、不思議と気持ちを強く保つことができる。

そのときも抜群の効果があり、パニック寸前だった頭がわずかに冷静さを取り戻した。

――けれど。

突如、雛人形が両腕をカタカタと動かし、爽良の心にふたたび緊張が走る。

これまでにない動きが酷く不気味で、爽良は硬直したまま、固唾《かたず》を呑んでその様子を見つめた。

やがて、雛人形は肩の高さまでゆっくりと腕を持ち上げ、突如、袖《そで》の中からスルリとなにかを取り出す。

鈍く光るそれを見て、爽良の頭はたちまち真っ白になった。

雛人形が手にしていたのは、抜き身の刀。

刀身は濡れたような艶《つや》を放ち、その小ささからは考えられない程に物騒な存在感を醸し出している。

サイズ的に付属の装飾品のようだが、当然ながら、刀を装備しているお雛様《ひなさま》なんて、爽良はこれまでに聞いたことがない。

ただ、そんなことを気にしている場合ではなく、雛人形は刀を手にじりじりと爽良との距離を詰めた。

辺りの空気が重さを増し、いきなり向けられた殺気に背筋がゾッと冷える。

まるで警笛を鳴らすかのような激しい鼓動が、爽良の体を大きく揺らした。

早くここから逃げなければ危険だと、爽良は震える足に力を込め、ゆっくりと体を起こす。

自分の部屋までは、十数メートル。中に逃げ込んでさえしまえば、雛人形はそれ以上追ってはこられない。

ただ、そうするには雛人形の横をすり抜けなければならず、正面に立ち塞《ふさ》がるその姿は、その重い殺気のせいか実際の何倍も大きく感じられた。

しかし他に選択肢はなく、爽良は少しでも気持ちを落ち着かせるため、ゆっくりと深呼吸をする。

そして、勢いよく足を踏み出し、無我夢中で廊下を走った。

目線の先に部屋の戸が見えた瞬間、ほんのわずかに緊張が緩む。

背後の雛人形の様子が気になりながらも、当然、振り返って様子を窺う余裕なんてない。

そして、ついにドアノブに手を伸ばした、そのとき。

背後から飛んできたなにかが爽良の頬のすぐ横を掠め、ストンと音を鳴らして戸に突き刺さった。

同時に一筋の髪が宙に舞い、投げられたのは刀だと察した瞬間に、恐怖で膝から力が抜ける。

バランスを崩した爽良は、部屋を目前にして床に転倒した。

全身に激しい痛みが走り、一瞬呼吸を忘れた。けれど、無理やり上半身を起こし、ふたたびドアノブに手を伸ばす。

しかし、突如背中にずっしりとした重みを感じ、全身が硬直した。

ドアノブは目の前にあるのに、背中の違和感に手が震え、上手く動かせない。

これ以上ないくらいの嫌な予感を覚えながら、爽良はおそるおそる後ろを振り返り、

——思わず、息を呑んだ。

爽良の背中に立っていたのは、ついさっき振り切ったはずの雛人形。

たちまち頭が真っ白になった爽良を、無感情な目がまっすぐに見下ろしている。

異様な空気が漂う中、しばらく膠着《こうちやく》状態が続いた。実際はほんの数秒だったのかもしれないが、体感的にはおそろしく長く感じられた。

少しでも動けば危険な予感がして、爽良はなにもできずに雛人形をただ見つめる。――すると、そのとき。

ほんのわずかに、雛人形の目が揺れた気がした。

最初こそ気のせいかと思ったけれど、筆で描かれた小さな目は、まるで泣いているかのようにみるみる滲《にじ》みはじめる。

「どう、して……」

なかば無意識に問いかけると、滲んで輪郭の消えた目から黒い涙がこぼれ落ちた。

そして。

『許　せ　な　い』

途切れ途切れに響く、女の声。

その瞬間、爽良は不思議と察していた。

雛人形に宿る女の根底にあるのは、恨みや怒りではなく、どうしようもない悲しみなのだと。

それは曖昧《あいまい》な予想なんかではなく、まるで心の中を直接覗《のぞ》いたかのような、確信に近い感覚だった。

「なにが……、悲しいんですか……？」

経験上、そう簡単に会話が成立するとは思えなかったけれど、聞かずにはいられなかった。

しかし、思いの外、雛人形はまるで爽良の言葉に反応するかのように、両腕を力なく下ろす。

『嘘　つき』

「嘘……？」

『　しを　すて　誰の　とに　行　』

〝私を捨てて、誰のもとに行ったの〟と。

女の言葉を頭の中で補完した瞬間、そこに込められた深い悲しみと寂しさが、爽良の胸に刺さった。

「大切な人が、いなくなってしまったん、ですか……？」

言葉からそう察して問いかけると、雛人形はふたたび黒い涙を流し、爽良のブラウスにシミを作る。――そして。

『ずっ　と　一緒　だと　あん　なに』

雛人形がそう口にした途端、ドクンと心臓が大きく鼓動を鳴らした。

なぜなら、その訴えに似た感情が、爽良の記憶の中にも密《ひそ》かに存在している。

それは忘れもしない、鳳銘館への引っ越しを決めた頃のこと。

あのとき、強い意志を持ちながらも不安でたまらなかった爽良に、礼央が「ずっと一緒にいる」と言ってくれた。

当時はただ戸惑うばかりだったけれど、あの言葉があったからこそ、大きな環境の変化にも怯《ひる》むことなく、前に進むことができたような気がしている。

爽良にとっては、生涯忘れないであろう大切な言葉だ。

「ずっと、一緒だって……、言われたんですね」

雛人形に反応はない。

けれど、爽良の心の中には複雑な思いがみるみる広がっていた。

それは、ずっと一緒なんて無理に決まっているという、礼央に言われたときにも密かに抱えていた思い。

今となってみれば、あれは卑屈になったわけではなく、別れが先延ばしになったことに対するシンプルな恐怖だった。

いずれは別々の人生を歩むのに、これ以上傍にいることで、本当の別れが訪れたときにどれだけ寂しい思いをするか、想像するのが怖くてたまらなかった。

いっそ拒絶した方が楽かもしれないと、無意識に考えていたように思う。

けれど、そんな思いの陰で、――もし本当にずっと一緒にいられたならどんなに心強いだろうと、小さな期待があったことは否めない。

しかし、最初こそとても小さかったはずのその期待は、気付かないうちに膨らんでしまっていた。

いつの間にか恐怖よりも大きくなっていたことをはっきりと自覚したのは、おそらく、礼央が碧の部屋から出てきたときのこと。

ただ自分勝手に期待を持っていただけなのに、やはりずっと一緒なんてありえないのだと、卑屈な感情が湧き苛立《いらだ》ちすら覚えた。

こんな極限の状態の中、向き合うことを避けていた自分の感情がみるみる明確になり、爽良は戸惑う。

そして、自覚しはじめていた。

あの苛立ちの正体が、なんだったかを。

『――あな　た　も　おな　じ』

答えを導き出す寸前、まるで爽良を煽《あお》るかのような雛人形の声が響いた。

爽良は途端に我に返り、雛人形を見つめる。

顔のパーツがすべて滲んでしまっているのに、雛人形からはゾッとする程強い視線を感じた。

「……同じ、かも、しれません」

これは、――嫉妬《しっと》だと。

その二文字を浮かべた途端、胸がぎゅっと締め付けられた。

同時に、雛人形《ひなにんぎょう》の背後にぼんやりと人影が重なる。そして。

『一人は、とても堪えられない――』

突如頭の中に響いたのは、これまでのような途切れ途切れの声ではなく、痛切な悲しみの滲む重いひと言だった。

その声が体を震わせ、途端に意識がふわっと遠退《とおの》く。

一瞬戸惑ったけれど、この、まるで夢の中に落ちていくような奇妙な感覚を、爽良は霊たちと関わる中でもう何度も経験していた。

爽良は抗《あらが》わずにゆっくりと目を閉じる。そして。

――わかります。

思い浮かべた言葉が、辺りにこだました。

浮遊感を覚えてふたたび目を開けると、薄暗い視界の中、項垂《うなだ》れる着物姿の女が正面に浮かび上がって見える。

おそらく、ここは女の意識の中なのだろう。しかし、周囲に生前の記憶を表すようなものはなにもなく、ただひたすら暗い。

改めて女に目を向けると、その姿はとても美しく儚《はかな》げで、俯《うつむ》く頬には、何筋もの涙の跡があった。

歳の頃は爽良と変わらないように見えるが、身につけている着物と後ろにまとめ上げられた髪型が、かなり古い時代を連想させる。

爽良は恐怖すら忘れ、その美しい姿にただ見入っていた――そのとき。

『ずっと、一緒にいると、あのとき確かに』

突如響いた、か細い声。

それは、心が悲鳴を上げているかのように、辺りに悲しく響き渡る。

――恋人……、ですか。

尋ねると、女は長い間を置き、「夫」と言った。

詳細はわからないが、よほど辛《つら》い別れを経験したのだろう。それも、深い嫉妬を抱くような、苦しい別れ方を。

――どうして、そんな……。

聞けば傷口を開いてしまうような気がして、語尾が曖昧に途切れる。

すると、女はかすかに顔を上げ、膝《ひざ》の上に揃えていた拳《こぶし》をぎゅっと握った。しかし。

『私たちは、……ずっと、一緒だったのに。……最期の瞬間まで』

女が口にした最期という言葉に、爽良は違和感を覚えた。

――最期……？

最期とは、通常、命が終わる瞬間を意味する。

つまり、そのまま解釈するならば、女は大切な人と添い遂げたことになり、別れとは明らかに矛盾している。

――最期まで、一緒にいたんですか……？

混乱した爽良は、同じ問いを重ねた。

しかし女はそれ以上語らず、呆然《ぼうぜん》と一点を見つめて一筋の涙を零《こぼ》す。

『会い、たい――』

その呟《つぶや》きを最後に、女は爽良の前から姿を消した。

周囲はただの闇となり、その中で爽良は女が零した言葉の意味を考える。

しかし、浮かんだ矛盾が解消されるような答えは浮かんでこない。

やがて、思考がふたたびぼんやりしはじめ、爽良はゆっくりと目を閉じる。

同時に、聞き慣れた息遣いが聞こえた。

「ワン！」

目を開けるやいなや、不安げに爽良を見つめるロンディと目が合う。

ロンディはまだ外にいるはずなのにと思いながら首元を撫《な》でると、あるはずの首輪がなくなっていた。

「ロンディ、首輪は……？」

「クゥン」

「無理やり抜けてきたの……？」

どうやら、爽良の異変を察知して自ら首輪を抜き、駆けつけてくれたらしい。

「あんなに雛人形を怖がってたのに……」

胸が締め付けられ、爽良はロンディを思いきり抱きしめた。

しかし、ロンディはどこか落ち着かない様子で、相変わらず不安げな鳴き声を上げる。

「どうしたの……？」

不思議に思って問いかけると、ロンディはソワソワしながら爽良のすぐ傍に視線を向けた。

見れば、視線の先にあるのは、さっき爽良を襲った雛人形。

思わず緊張が走ったけれど、背を向けて無造作に転がる姿を見て、爽良はほっと息をついた。しかし。

「大丈夫だよ……、中にいた女性の霊はきっともうこの中にはいないはずだか――」

拾い上げようと手を伸ばした瞬間、思わず言葉が途切れる。

なぜなら、雛人形の中には、まだかすかに気配が残っていた。

「まだ、いる……」

これまでは、碧でも苦労するくらいすぐに消えてしまっていたのにと、爽良はおそるおそる雛人形を手に取る。

着物はほつれ、顔面は滲《にじ》み、満身創痍《まんしんそうい》の姿は一見すると不気味だが、泣きながら苦しみを訴えていた女の姿を思い出すと、不思議と怖いとは思わなかった。

爽良は雛人形を手に、しばらく放心する。

すると、突如玄関の戸が開き、視線を向けると、碧と礼央の姿があった。

礼央は爽良の姿を見るやいなや、玄関に駆け込み正面に膝をつく。

「……どうした？」

その心配そうな表情を見て、まず先に込み上げてきたのは安心感。しかし、その陰で、碧と同時の帰宅に胸が騒いでいる自分がいた。

「本当に……、同じ、かも」

思わず零れるひとり言。

礼央はその言葉の意味を測りかねているのだろう、かすかに眉《まゆ》を顰《ひそ》めた。

爽良はそんな礼央を見上げながら、――これは確かに嫉妬だと、急に腑《ふ》に落ちたような感覚を覚える。

ただし、これは女が抱えていたものとは少し違い、礼央が離れていってしまう不安から生じた自分勝手な独占欲だという後ろめたさもあった。

〝いずれは別々の人生を歩むのだから〟と、さも納得しているかのように自分に言い聞かせていた言葉も、今となっては言い訳のように思えてならない。

結局、自分は礼央が離れていくなんて本気で思っていなかったのだと、雛人形の思いを知ることで向き合わざるを得なくなった本音が、今になって爽良の心を追い込んでいる。

「爽良ちゃん？……大丈夫？」

やがて碧も傍へ来て、爽良の顔を覗《のぞ》き込んだ。

爽良は思わず目を逸《そ》らし、それから雛人形を差し出す。

「この、中に……」

するると、碧は雛人形を受け取り、目を見開いた。

「嘘……、残ってるじゃん……」

碧は慌ててポケットからお札を取り出すと、手早く雛人形の背中に張り付け、その体に数珠《じゅず》をかける。

そして、少し興奮した様子で、爽良の手を握った。

「すごくない……？　どうやって捕まえたの？　もっとずっと長期戦になると思ってたのに……！　ってか、この中身もちょっと荒れてるし、上手《うま》く気配を消せなくなるくらい感情が乱れたってこと……？　ねえ、なんか話した？」

質問を畳み掛けられ、爽良はふたたび女との会話を思い浮かべる。

ただ、知った事実や生じた違和感など報告はいくらでもあるはずなのに、余計な感情が邪魔してか、上手くまとまらなかった。

そんな中、碧はもはやひとり言のように、さらに言葉を続ける。

「いや……、ほんとすごい。どういうこと……？　説得が効いたとか……？　それか、なにかに同調したとか……」

「同調……？　私と、ですか……？」

「うん。……もしかして心当たりがあったり——」

「——それ、後でよくない？」

ふいに口を挟んだのは、礼央。

お陰で、同調という言葉で込み上げた爽良の動揺が、碧に気付かれることはなかった。

「そ、そうだよね……ごめん、つい癖で……」

碧は我に返ったのか、申し訳なさそうな表情を浮かべる。

一方、礼央は立ち上がると、戸に刺さったままの小さな刀を抜いて碧の目の前に掲げた。

「たいした危険はないって言ってなかった？」

「え、なにそれ」

「刀」

「は、刀？　嘘でしょ……。この雛人形《ひなにんぎょう》が持ってたの？」

「大きさ的にそうでしょ。刃は本物じゃないみたいだけど結構鋭利だし、もし刺さってたら普通に怪我するよね。これは危険って言わないの？」

「ご、ごめん……、物理的に危害を加えてくる想定までは……」

「あんたの言葉を信用するんじゃなかった」

「いや、そう言うけど、お雛様が刀を持ってるなんて誰も思わないじゃん……！」

爽良には、突如はじまった二人の口論を止める気力はなかった。

ただ、それをぼんやりと耳に入れながら、お雛様が刀を持っていたことは確かにおかしいと、改めて考えていた。

「……お内裏様は、刀を持ってるんでしょうか」

ふと思いついたまま呟くと、二人はぴたりと動きを止め、同時に携帯を取り出し検索をはじめる。

爽良はその様子を見ながら、二人の思考回路にはやはり似たところがあるらしいと、妙に冷静に分析していた。

「……全部じゃないけど、結構持ってるっぽい」

最初にそう口にしたのは、礼央。爽良の方に向けられた携帯の画面には、帯刀したお内裏様の画像が表示されていた。

碧がそれを横から覗き込み、眉を顰める。

「本当だ……。なら、善珠院から運ばれてきたときにパーツやら装飾品やらがごちゃごちゃになったのかも。結構な数がまとめて届いたし……」

「それ、想定できたんじゃないの」

「だから、ごめんってば……。ともかく、こうして捕まえられたわけだし、そんなに怒らないでよ……。とりあえず、私はこの雛人形が逃げないよう部屋に保管してくるから……！　爽良ちゃん、また話聞かせて！」

礼央の追及に堪えられなくなったのか、碧は勢いよく立ち上がると、逃げるように階段を駆け上がっていった。

たちまち静かになった玄関ホールで、礼央が小さく溜《た》め息をつく。

「肝心なときにいなくてごめん」

「どうして礼央が謝るの……」

なんだか、礼央の目を見ることができなかった。

礼央は真剣に心配してくれているのに、頭の片隅では、二人が一緒に帰ってきたときの光景がしつこくチラついている。

どこに行っていたのだろうと、聞けるはずのない問いが、心の中で情けなく燻《くすぶ》っていた。

「私、大丈夫だよ……」

そんな自分が嫌いになりそうで、努めて気丈に口にした言葉は、意に反して素っ気なく響く。

意外だったのか、礼央から反応はない。なんだか居たたまれず、爽良は必死に言葉の続きを探した。

「碧さん、行っちゃったけど……」

「うん？」

「……いいの？」

口にした瞬間、後悔が込み上げてくる。なぜそんなことを聞いてしまったのか、爽良自身にもよくわからなかった。

しかも、そんなことを言っておきながら、礼央が立ち去ってしまうことにビクビクしている自分がいる。

やることなすことすべてが意図しない方へと勝手に向かってしまう気がして、爽良はもはや、そんな自分を持て余していた。

すると、礼央が静かに口を開く。

「俺、碧さんに用事ないし」

さぞかし困惑させているだろうと思っていたのに、その口調はむしろ穏やかだった。

思わず顔を上げると、礼央は小さく首をかしげる。ずいぶんおかしなことを口走ってしまったというのに、理由を追及する素振りはない。

「それより、怪我ないの？」

いつも通りの調子で尋《たず》ねられ、爽良はふと冷静さを取り戻した。

ぎこちなくも頷《うなず》くと、礼央は雛人形が投げた刀を手のひらで弄《もてあそ》ぶ。

「これが命中しなくて本当によかった。あの雛人形の恨み、相当深そう。……とにかく、碧さんの言葉はもう二度と信用しない」

そのとき、爽良の脳裏に浮かんできたのは、女の意識の中で聞いた言葉。

女は、自分の傍から大切な人が消えてしまったことを、ひどく嘆いていた。「私を捨てて、誰のもとに行ったの」と零《こぼ》したときの震える声を、爽良は鮮明に覚えている。

「あれは、恨みじゃなくて——」

嫉妬《しっと》なのだ、と。そう言いかけて咄嗟《とっさ》に口を噤《つぐ》んだ。

そのときの爽良の頭を過《よぎ》っていたのは、雛人形が爽良に対して過激な行動に出た理由を「同調した」と予想した碧の言葉。

察しのいい礼央なら爽良の感情をすべて見透かしてしまうのではないかという不安に駆られ、口にするのを躊躇《ためら》う。

しかし、よほど不自然に感じたのだろう、礼央が眉根《まゆね》を寄せた。

「続きは？　雛人形からなにか感じた？」

これだけ心配をかけた以上、さすがに報告しないわけにいかないことはわかっていた。

爽良は必死に動揺を抑えながら、ようやく重い口を開く。

「実はさっき、雛人形に憑《つ》いてる女の人の意識の中を見たの。……恋愛関係の、揉《も》め事っぽいなって」

「恋愛？　どういうこと？」

「嫉妬、みたいな」

「嫉妬……？」

訪れた、わずかな沈黙。

爽良はその間、礼央が碧の予想のことを忘れてくれていますようにと密《ひそ》かに願っていた。

幸いというべきか、礼央にはあまりピンとこないようで、首をかしげる。

「嫉妬で、ここまでする？」

礼央はそう呟《つぶや》きながら、改めて刀をまじまじと見つめた。

ただ、女の嘆きを直接聞いた爽良にとっては、とくに的外れな行動だとは思わなかった。

「ずっと一緒にいるって約束した相手が、いなくなっちゃったみたい。他の人のところに行ったんじゃないかって、すごく苦しんでいて。……彼女の意識の中は、それ以外になんにもなくて……。たぶん、その人のことがすべてだったんじゃないかな……」

口にすると同時に、胸に痛みが走った。

「……なるほど」

礼央の小さな相槌《あいづち》が響く。

なんだか、スッキリしない心地だった。

供養殿で暴れていた雛人形を捕まえるという当初の目的は一応果たされ、後は碧の寺に任せるだけなのに、心の中には今もなお、モヤモヤしたものが膨らみ続けている。

「……いずれは、癒《いや》されるのかな」

呟くと、礼央もまた曖昧《あいまい》に首を捻《ひね》った。

「わかんない。けど、供養ってそういうことでしょ」

「……もう、会えなくても？」

「会えればいいって問題じゃないよ。別れの理由が相手の心変わりなら、会っても恨みが膨らむだけかもしれないし」

確かに一理あると爽良は思う。

しかし、そのとき。

唐突に、女の言葉から覚えた違和感を思い出した。

「そういえば、なんだか変なこと言ってた……」

「変なこと？」

「最期まで一緒だったのに、って」

「最期？……なにそれ。じゃあ別れてなくない？」

「そう、だよね……」

改めて言葉にすると、余計に違和感が膨らむ。

しかし、女は確かにそう口にしていた。

他に手がかりになるような発言はなかっただろうかと、爽良はもう一度自分の記憶を手繰り寄せる。けれど、交わした言葉自体がそもそも少なく、思い当たることはなにもなかった。

そのとき、刀を眺めていた礼央が、静かに口を開く。

「少なくとも、亡くなる瞬間までは一緒にいたってことでしょ」

「……多分」

「なら、離れ離れになったのはその後だよね」

「その後……、って」

考えもしなかった予想に、爽良は思わず目を見開いた。

礼央はさらに言葉を続ける。

「最期まで一緒だったっていう言葉をそのまま解釈するなら、同時に死んだってことにならない？　もしそうなら、……まぁただの予想だけど、自然な死ではなさそう。殺されたか、自殺したか。だとすれば、二人共浮かばれず、一緒に彷徨《さまよ》ってたって可能性があるよね？」

「なるほど……、そうかも……」

「ただ、彷徨ってたなら別にどこにでも行けるんだろうし、離れ離れになるっていう表現はおかしい。そう考えると、相手もなにかに憑いてたっぽくない？　その女の人が雛《ひな》人形《にんぎよう》に憑いてたみたいに」

「つまり、それぞれ物に憑いてずっと近くにいたけど、突如、物理的に距離が離れちゃったってこと……？」

「ニュアンス的には、ずっと一緒に保管されてたって感じじゃないかな」

礼央はそう言いながら、刀を目線の高さまで持ち上げる。

その瞬間、頭の中のモヤモヤが晴れていくような感覚を覚えた。

「一緒に保管って……、もしかして、その相手はお内裏様に憑いてた、とか……？」

「そんな気しない？　御伽噺《おとぎばなし》みたいで、釈然としない部分もあるけど」

礼央はそう言って肩をすくめる。

確かに出来すぎた話ではあるが、爽良はその予想に納得していた。

お雛様とお内裏様を別々に保管するなんてほとんど考えられず、ならば、相手は同じ組み合わせとなるお内裏様に憑いていたと考えるのが自然だ。そして、おそらくこの刀の持ち主なのだろう。

「その予想、合ってる気がする……。だけど、いつバラバラになっちゃったんだろう……」

少なくとも、碧が鳳銘館に持ち込んだ時点で二十体すべてがお雛様だった。

そして、碧の説明によれば、雛人形が暴れるようになったのは神上寺の供養殿に入ってからだという。

「状況から考えて、供養殿に運ばれた時点ですでに離れ離れだったっぽいよね」

「確かあの雛人形って、元々は善珠院に持ち込まれたものだって言ってたような……。そこから供養祭で焚《た》き上げするために神上寺に移したって……」

「だね。ただの予想だけど、善珠院にいたときは相手も一緒だったから静かにしていて、本当は供養されないまま気配が残っていたのに、気付かれずに神上寺に運ばれたっていう流れなんじゃないかな。まとまった数を一気に運んでたみたいだし、移動のゴタゴタでお内裏様だけ残されてしまって、お雛様がそれに気付いて暴れだした、とか」

その瞬間、相手となるお内裏様は今おそらく善珠院にいると、爽良は確信した。

「きっとそうだよ……！　なら、早速お内裏様を捜してあげないと……。でも、善珠院のことだったら御堂さんに相談しなきゃ……」

気持ちがはやり、爽良は衝動的に立ち上がる。

しかし、礼央がふいに爽良の手首を引いた。

「御堂さんは放っとけって言うんじゃないかな。……このまま神上寺に任せてもいずれは浮かばれるなら、同じことなんだし」

確かに、御堂ならそう言うかもしれないと、容易に想像できてしまっている自分がいた。

御堂はそもそも霊の事情に深入りすることを嫌うし、今回に関してはすでに目的が果たされているのだから、尚更《なおさら》あり得る。

けれど、爽良は、それで納得する気持ちにはなれなかった。

「結果が同じだとしても、あんな悲しそうな声を聞いちゃったら放っておけない……。それに、離れ離れのままだなんて、悲しすぎるよ……」

そう口にした瞬間、心に鈍い痛みが走る。

ただ、その痛みにはごく個人的な感情が含まれていることを、爽良は自覚していた。考えないようにと意識しているのに、今の爽良は離れ離れという言葉にやたらと敏感で、つい過剰に反応してしまう。

「……会わせてあげたいの。確かに御堂さんはあまりいい顔をしないかもしれないけど、……それでも、絶対に説得する」

そうはっきり言い切ると、ふいに礼央の手が離れた。

余韻を残す体温が、なんだか少し寂しい。そんな自分に戸惑っていると、礼央はゆっくりと立ち上がり、少し意味深な表情を浮かべた。

「……まあ、爽良はそう言うよね」

「礼央……？」

「わかってたけど、一応聞いてみただけ。——ただ」

急に途切れた語尾が、不安を煽《あお》る。

けれど、礼央は一転して穏やかに笑い、爽良の頭をぽんと撫《な》でた。

「あまり大丈夫になられると——」

「……うん？」

「いや。……とりあえず、その件は明日《あした》にしなよ。……もう遅いし、結構な目に遭ったんだからゆっくりして」

「礼央……」

「……ロンディ、爽良をよろしく。じゃあ、戻るね」

結局、礼央は最後まで言うことなく、その場を後にした。

傍で大人しくしていたロンディが、その後ろ姿に向けて小さく鳴き声を上げる。

やがて、パタンと戸が閉まる音が響いた。

「なんだか、どんどん遠くなってる気がする……」

静まり返った玄関ホールに、思わず零《こぼ》れたひとり言が響く。

爽良は座り込み、寂しげに瞳《ひとみ》を揺らすロンディの首元を撫でた。

「本当は私、……人の心配してる場合じゃないんだよね……」

「クゥン」

「でも、自分のことになると、どうしたらいいか余計にわかんなくて」

つい泣き言を呟《つぶや》いた爽良の頬を、ロンディがぺろりと舐《な》める。そのいかにも心配そうな表情を見て、爽良は少しだけ落ち着きを取り戻した。

「……ねえ、もう雛人形はいないんだけど、今日も私の部屋に来る？」

「クゥン」

「先に、首輪を取ってこなきゃね」

爽良はロンディを心配させないためにと、気持ちを切り替え庭へ向かった。

もう不穏な気配はなく、久しぶりに不安のない夜を迎えようとしているのに、なぜだか足取りが重い。

その日は、中途半端に途切れたままの礼央の言葉が、いつまでも頭を巡っていた。

「つまり……？　その女の人の旦那《だんな》がお内裏様に憑《つ》いていて、そのお内裏様は善珠院にあるかもしれないって……？」

翌朝、爽良は意を決して御堂に相談を持ちかけた。

脚立に腰掛け庭木の剪定《せんてい》をしていた御堂は、爽良の話を聞きながらみるみる眉間《みけん》に皺《しわ》を寄せる。

やはり簡単には賛成してくれなそうだと、醸し出されたわかりやすい空気に早くも気持ちが怯《ひる》んだ。

「はい……。できれば、それを捜していただけないかと……。もし私にも伺わせていただけるなら、自分で捜しますし……」

「まあ、いいけど」

「そこを、なんとか……」

「……聞いてる？」

とにかく粘り強く交渉することしか考えていなかった爽良は、まさかの言葉に勢いよく顔を上げた。

すると、御堂は手を止め、堪《こら》えられないとばかりに小さく笑う。

「いいん、ですか……？」

御堂の笑った顔を見るのは、ずいぶん久しぶりだった。

朝起きた瞬間からずっと張り詰めていた心が、ふわりと緩む。

すると、御堂は脚立の上でくるりと向きを変え、爽良を見下ろした。

「一応言っておくけど、俺は別に君のすることすべてを妨害しようなんて考えてないよ」

「そ、そんなこと思ってないです……」

「庄之助さんみたいな人は特殊だし、普通の人が真似るのは自殺行為だから、見てられないってだけで」

「それも重々、承知してまして……」

不意打ちで始まった小言に、爽良は背筋を伸ばす。しかし、御堂はそれ以上続けることなく、腰に付けた道具入れに鋏《はさみ》を仕舞った。そして。

「ただ、最近は碧のことで無茶させてたわけだし。……雛人形《ひなにんぎょう》の件を全振りしてしまったことには罪悪感もあるしね」

「そ、そんな……」

「でも、助かったよ。ありがとう」

「……………」

お礼を言われるとは思わず、爽良は呆然《ぼうぜん》と御堂を見上げる。

昨夜から、御堂を説得するための言葉をたくさん用意していたけれど、この展開はまったくの想定外であり、頭の中が真っ白になった。

一方、御堂はいたっていつも通りの様子で、地面に降りて脚立を担ぐと、すれ違いざまに爽良の肩をぽんと叩《たた》く。

「じゃあ、今度一緒に行こう。考えてみたら、庄之助さんにもまだ会わせてなかったし」

「庄之助さん……？」

「お骨だよ。父が管理してるから」

「……いいんですか？」

「いいもなにも、家族なんだから当然でしょ。むしろ、遅くなってごめんね。本当は納骨のときにって思ってたんだけど、父にまだそのつもりがないみたいで。……もっと早く言うべきだったけど、しばらくゴタゴタしてたし」

「いえ、そんなこと……。確かに、ここ数ヶ月はいろいろありましたから……」

「はは」

いろいろ含んだ短い笑い声が、なんだか心に沁《し》みた。

未熟な爽良に対し、さぞかし多くの不満や憤りを抱えているだろうに、それらと葛藤《かっとう》しながらも少しずつ受け入れようとしてくれている気持ちが、痛い程伝わってくる。

出会った頃と比べ、御堂の印象はずいぶん変わってしまったけれど、少々言葉がきつくても、今の方がむしろ本音がわかりやすい気がした
「じゃ、実家の予定を聞いてから候補日出すから、少し待ってて」

「はい、よろしくお願いします」

御堂が去って行った後、爽良はほっと息をついた。

ただ、不安がひとつ解消されたとはいえ、本番はこれからなのだから安心している場合ではない。

それに、正直、御堂に協力してもらうことで、また落胆させてしまったらどうしようというプレッシャーもある。

けれど、爽良の中で、それと向き合う覚悟はすでに決まっていた。

爽良たちが善珠院を訪れたのは、数日後のこと。

善珠院は、外苑前《がいえんまえ》駅から徒歩五分という好立地にありながら広大な敷地を持つ、驚く程立派な寺だった。

山門を抜けた瞬間に既視感を覚え、真っ先に頭を過《よぎ》ったのは巣箱で見つけた写真。やはり写真は善珠院で撮られたものに違いないと、爽良はすぐに確信を持った。

ただ、御堂にその話題を切り出すことはできなかった。理由は、善珠院に近付くにつれて御堂の口数が極端に減ったこと。

御堂にとって、どうやら善珠院はあまり近寄りたい場所ではないらしい。わざわざ聞くまでもなく、醸し出す空気からそれは明らかだった。

考えてみれば、長男の御堂は跡継ぎとなるはずだが、たまに手伝いに帰る程度で今のところそんな気配をまったく感じさせない。

途端に、父親との関係性は良好なのだろうかと、いきなり自分なんかを連れてきて迷惑がられるのではないかという不安に駆られた。

結局、写真のことはおろか、その不安すら口にすることができず、御堂に促されるまま通されたのは、敷地の奥にある邸宅。

その立派な佇《たたず》まいは本堂とさほど変わらないが、玄関に掛かる「御堂」と書かれた表札を見て、どうやらここが御堂家の住居らしいと察した。

みるみる緊張が増す爽良を他所《よそ》に、御堂は無造作に玄関の引き戸を開ける。

すると、廊下の奥から男性が顔を出した。

年の頃は六十代といったところか、坊主頭に作務衣《さむえ》を纏《まと》うその見た目から、すぐに善珠院の住職、つまり御堂の父親だと判断し、爽良は慌てて頭を下げる。

「はじめまして。鳳爽良と申します」

緊張を隠しきれず、上ずった声が玄関に響いた。

しかし、それに被《かぶ》せるようにして優しい笑い声が響く。

「やあ爽良さん、はじめまして。そんなにかしこまらないでください」

顔を上げると、住職はいかにも人が好《よ》さそうな笑みを浮かべた。

「あなたが鳳銘館を継いだと聞いてから、一度会ってみたいと思っていたんです。本当はこちらからご挨拶《あいさつ》にと考えていたんだけれど、なかなか忙しくてね。なにせ、息子がこれだから」

住職はそう言いながら、早速玄関に上がった御堂を小突く。一方、御堂はさも面倒臭そうにそれを躱《かわ》した。

「別に、親父に会わせるために連れてきたわけじゃない」

爽良は、小競り合いをはじめた二人をハラハラしながら交互に見比べる。口調もそうだが、見た目に関しても、二人はあまり似ていなかった。

ただ、遠慮のない気安いやり取りは、いかにも親子らしい。

すると、住職は爽良にスリッパを勧めながら、上がるよう促した。

「吏はああ言うけれど、せっかく会えたんだから、爽良さんさえ良ければ少しだけお茶に付き合ってもらえないかな。私も話をしてみたいし」

「きょ、恐縮ですが、是非……」

「よかった。吏、客間にお通しして」

「………」

御堂は不満げながらも、黙って爽良に手招きをする。

仲がいいとまでは言い難くとも、思っていたより関係は良好らしい。

やがて和室に通されると、間もなく住職がお茶を手に戻ってきた。そして。

「それにしても、血は争えないね。彼の息子さんはまったくだったようだから、いっそのことそのまま続けばいいと思っていたけれど」

正面に座るやいなや、住職はそう口にした。

「え……？」

「君は、さぞかし苦労が多いだろうと思ってね」

爽良の霊感のことを指しているらしいと気付くまで、少し時間が必要だった。

そんなに簡単に見透かされてしまうのかと戸惑う爽良を他所に、住職はさらに言葉を続ける。

「そんな体質で鳳銘館の管理をするのは大変だろうに、聞けば、碧まで部屋を借りたとか。身内が余計な面倒をかけてしまって、本当に申し訳ない」

いまだ動揺が収まらない中、深々と頭を下げられ、爽良は慌てて首を横に振った。

「い、いえ……、碧さんにはよくしていただいています。この体質での苦労は確かにいろいろありますが、それは私が未熟なせいですし……、それでも鳳銘館に住みはじめてからは少し気が楽で……」

住職は爽良のたどたどしい説明に丁寧に頷《うなず》きながら、さりげなくお茶を差し出す。

途端に、辺りがふわりと優しい香りに包まれた。

「そう言ってくれると私も救われるし、庄之助さんもさぞかし喜ぶだろうね。……そうだ、後で手を合わせてあげてもらえるかな」

「もちろんです、ありがとうございます。……そういえば、まだ納骨していないと伺いましたが……」

「ああ、……そうだね。遺骨はこの家で私が管理しているんだよ。安心するまではもう少し近くで見ていたいんじゃないかと思ってね」

「近くで……？」

「そう、近くで」

住職はそれ以上言わず、はっきりと頷く。ただ、その続きは爽良にまっすぐに向けられた目が物語っていた。

庄之助がいかに自分を気にかけてくれていたか、爽良はもちろん自覚している。

さらに、大切なものを見つけてほしいという遺言もまだ果たせておらず、庄之助が気がかりなことは多くあるだろう。

「……まあ、結局はただの私の自己満足なんだけれど。ただ、私にとってはかけがえのない友人なので、少しでも気持ちを汲《く》んでやりたいと思ってね」

「……ありがとう、ございます」

なかば無意識にお礼を口にした爽良に、住職は少し驚いたように視線を揺らした。

爽良は途端に我に返り、慌てて言い訳を巡らせる。

「すみません、生前にほとんど会いもしなかった私がお礼を言うなんて、おかしいですよね……」

しかし、住職は穏やかに目を細めた。

「とんでもない。そんな顔をする必要なんてないよ。むしろ、長く会っていなくとも庄之助さんの思いがこうしてしっかり爽良さんに繋《つな》がっていることに、強い絆《きずな》を感じてとても嬉《うれ》しい。……それに、絆とは、たとえ血が繋がっていようとも、思いやる気持ちと努力がなければ成立しないものだから」

重みのある言葉が心地よい声で紡がれ、心にスッと染み渡った。拭《ぬぐ》いきれないでいた後ろめたさが、心の中でゆっくりと溶けていくような感覚を覚える。

気付けば、住職の持つ優しい雰囲気のお陰か、爽良の緊張はすっかり緩んでいた。

ふと、庄之助もここで、こんなふうに住職と会話をしていたのだろうかと、想像が膨らむ。

しかし、そのとき。しばらく黙っていた御堂が不満げに口を開いた。

「で、……そろそろ本題に移りたいんだけど」

すっかり気を抜いていた爽良は、慌てて姿勢を正す。

一方、住職はゆっくりとお茶をひと口飲み、それから改めて爽良に視線を向けた。

「そういえば、本題があるんだったね。吏から簡単に聞いているけれど、お雛様《ひなさま》のお相手を捜しているとか」

「は、はい……！　神上寺に持ち込まれたお雛様が、お内裏様と離れ離れになってしまったことをずいぶん嘆いていまして……。元は善珠院に預けられたものだと伺ったので、お内裏様はまだ善珠院にあるのではないかと……」

爽良は昨晩から今日にそなえて準備していた説明を、一気に伝える。

住職は黙ってそれを聞き終えると、申し訳なさそうに頭を下げた。

「それは、ずいぶん迷惑をかけたね。神上寺へ送ったものはすっかり供養を終えたつもりだったけれど、まだ気配が残っていたとは」

「そ、そんな、とんでもないです……。それに、善珠院にいた頃はお内裏様と一緒だったから大人しかったんじゃないかっていう予想をしていて」

「なるほど。それで、うちでそのお内裏様を捜し、一緒に供養した方がいいという考えかな」

「……はい。ご迷惑でなければ、捜させていただきたいと思いまして」

「話はよくわかったよ。それにしても……、お内裏様か」

住職が黙ると同時に、爽良の心に小さな緊張が走った。

そもそも、すべてはただの仮説に過ぎず、目的のお内裏様が善珠院に存在しない可能性も十分にある。

沈黙が長引くにつれ不安が膨らみ、爽良は膝《ひざ》の上の手をぎゅっと握った。

しかし、そのとき。

「……そういえば、ずいぶん前のことだけれど、供養のために作られたという雛人形を預かったことがあるな」

突如、住職が気になることを口にした。

「供養のために、ですか……？　雛人形を……？」

「確か、そういう話だったはずだよ。寺には人形だけでなくたくさんのものが持ち込まれるから、ひとつひとつを詳しく覚えてはいないんだけれど、それは特別印象的でね。というのも、雛人形とは本来子供の成長を願って飾られるもので、供養のためなんて話は聞いたことがなかったから。聞けば、若くして命を絶ってしまった娘夫婦が永遠に一緒にいられるようにと、両親が願いを込めて作ったのだとか」

「若くして命を絶った夫婦……」

「女性の方は名家の娘で、両親に結婚を反対されて駆け落ちしたものの、連れ戻されてしまったようでね。しかしその結果、二人は死を選んでしまった。だから、供養のために両親が特別に作ったという話だが、必ず夫婦で飾られる雛人形を選んだのは、両親の後悔と罪滅ぼしの気持ちが込められていたんじゃないかな。それはそれは、とても美しい雛人形だったから」

「そんな事情が……」

「とはいえ、それは大昔の出来事で、子に孫にと言い伝えられた内容だから、真実はわからないけれど。持ち込んだ本人にとっても、遠い先祖を供養するための人形にたいした思い入れなど持てないだろうし、むしろ『気味が悪いから手放したい』と言っていたよ。まあ、それは仕方のないことだけれど」

住職の話を聞きながら、爽良の頭には、最期まで一緒にいたと語った雛人形の言葉が過っていた。

真実はわからないと言うけれど、住職が語った内容は、雛人形の話と辻褄《つじつま》が合っている。

永遠に一緒にいられるようにと願いを込められた雛人形に、実際に夫婦が宿っていたとするなら、引き裂かれてしまえばさぞかし悲しむだろう。

爽良は、自分の仮説に確信を持ちはじめていた。

「あの……、その雛人形、捜してみてもいいでしょうか……？」

「ええ、もちろん。ただ、本当にその人形がお捜しのものかどうかはわからないけれど……」

「わかっています。唐突なお願いを聞いていただいてありがとうございます……！」

「いいえ、お礼を言うのはむしろこちらの方です。では、……吏、爽良さんを案内して差し上げて」

住職から指示された御堂は、やや面倒そうな様子で席を立ち、襖《ふすま》を開けて爽良に視線を向けた。

「行こう。預かり物は本堂で保管してるんだ」

「は、はい……！　あの、お話しできて嬉しかったです。ありがとうございました」

慌てて立ち上がって深々と頭を下げる爽良を見て、住職は小さく笑う。

「こちらこそ。私はこれから勤めに戻るけれど、どうぞごゆっくり。帰る前には庄之助さんと会って行きなさいね」

「はい、……是非」

「それにしても、懐かしかったよ。まるで時間が戻ったかのような気持ちになった」

「え……？」

「君は、本当によく似ている。同じ状況なら、彼もきっと同じことを言っただろう」

誰と比較しているのか、わざわざ聞くまでもなかった。

目を見開く爽良に、住職はさらに笑みを深める。

「勝手ながら、私は君の家族のような気持ちでいるから、いつでも頼っておいで」

「……ありがとうございます」

優しい言葉が、胸にじんと染み渡った。

爽良はもう一度深く頭を下げ、部屋を後にする。

御堂の家を出て本堂へ向かいながらも、住職と話した余韻がなかなか醒《さ》めなかった。

「優しい方ですね」

思わずそう口にすると、御堂は小さく肩をすくめる。

「丸くなったんだよ。昔はもっとキツい人だったけど」

「そうなんですか……？　あまり想像できません……」

「ま、老化でしょ。感覚も年々鈍くなってるみたいだし」

「感覚って、霊感のことですか？」

「そう。実際、雛人形の気配を見落としてるわけだし」

「それは……。でも、霊感ってだんだん鈍くなっていくものなんですか……？」

「一概には言えないし、逆に研ぎ澄まされるパターンもあるらしいけど。……まあ、残念ながら親父はそれに当てはまらなかったってこと。今はあまり自覚がないみたいだけど、そのうち限界に気付くんじゃないかな」

「でも、そしたら——」

御堂さんが継ぐんですか、と。

口にしかけたものの、爽良は口を噤《つぐ》んだ。

写真の件と同様に、御堂の家に関する話題にはどうも触れ辛《づら》い。

「そ、そしたら……、大変ですね。こんな立派なお寺……」

無理やり誤魔化すと、御堂は少し意味深な間を置き、それから頷《うなず》いた。

「まあ大変っちゃ大変だけど、得度《とくど》した弟子もいるし」

「得度？」

「出家するってこと。それに、手伝いに来てくれてる人も結構いるし」

「手伝いっていうと、碧さんみたいな……？」

「あれはまた特殊。名目上は手伝いってことにしてるみたいだけど、なにせ能力が高いし、霊能力者として仕事してるみたいだし。……いわば、業務委託みたいな扱いなんじゃないかな」

「なるほど……。本職は別にあるっておっしゃってますしね……」

納得する一方、ふと、前から引っかかっていた疑問が浮かんだ。

碧は、御堂からも能力の高さを認められていながら、何故手伝う先に善珠院を選ばなかったのだろうかと。

碧から神上寺を手伝っていると聞いたときは、あまり深掘りしようとは思わなかったけれど、改めて考えてみるとやはり気になる。

住職もまた、あれだけの霊感を持つ人間が身内にいるのなら、自分の元で働いてもらおうと考えそうなものだ。閉鎖的な寺ならともかく、善珠院はかなり大きく、弟子や多くの手伝いもいるという。

「──爽良ちゃん、こっち」

つい考え込んでいた爽良は、御堂に呼ばれてハッと我に返った。

慌てて視線を向けると、本堂の裏口を開けたまま不思議そうな表情を浮かべる御堂と目が合う。

「す、すみません……」

爽良は慌てて御堂の後に続き、本堂に入った。

御堂によれば、本堂の裏側には簡易的な炊事場の他いくつかの部屋があり、その中の一室を物置として、預かった人形を保管しているのだという。

案内されるまま廊下を進むと、御堂は突き当たりにある木の引き戸の部屋の前で足を止めた。

「お内裏様があるとすれば、ここ」

「ありがとうございます……。では、少し捜してみますね。終わったら携帯に連絡します」

「いや、手伝うけど」

「え？」

ポカンと見上げる爽良を見て、御堂は眉根《まゆね》に皺《しわ》を寄せる。

「……必要ない？」

「い、いえ！　た、助かります……」

正直、意外だった。

というのも、御堂は雛人形《ひなにんぎょう》の件に最初から乗り気でなく、爽良からすれば、善珠院への案内を承諾してくれただけでも奇跡のように思っていたからだ。

効率が上がることを喜びつつも内心戸惑いを隠せないでいると、御堂はそれを察したのか、罰が悪そうな表情を浮かべる。

「……碧に散々言っておいて、結局元凶がうちの実家の不手際だなんてみっともなさすぎでしょ。後でなに言われるかわかんないから、せめて手伝いくらいするよ」

「そんな、御堂さんはなにも悪くないですし……」

「いいから。……さっさと済ませよう」

御堂はそう言うと、引き戸を開ける。中は真っ暗で様子はわからないが、カビと埃《ほこり》の臭いがムワッと周囲に広がった。

御堂はそれを手で払い、内側の壁に手を這《は》わせながら照明のスイッチを探す。

すると間もなく照明が点《つ》き、――その瞬間、爽良は思わず息を呑《の》んだ。

一見すると、等間隔に木製の棚がいくつも並ぶなんの変哲もない物置だが、爽良が感じていたのは、いたるところから刺さる夥《おびただ》しい数の視線。

途端に頭が真っ白になり、体が硬直する。

　一方、御堂はすっかり慣れた様子で奥へと進んだ。

「……雛人形は確か、端の棚にまとめて置いてあったはず」

　その平然とした態度のお陰か、わずかに冷静さを取り戻したけれど、指先の震えがどうしても収まらない。

　とはいえ、こんなところで怯《ひる》んでいるわけにはいかないと、爽良はぎゅっと拳《こぶし》を握り、意を決して部屋の中へ足を踏み入れる。

　途端に、なんとも表現し難い異様な気配に包まれた。

　それらは、恨みや無念などといった、これまでに経験した禍々《まがまが》しさとは明らかに違うものの、長い年月で練り上げられたような、静かな不気味さがある。

「……大丈夫？」

　ふいに声をかけられ、つい足が止まっていた爽良はビクッと肩を震わせた。

　視線を上げると、すでに奥まで進んでいた御堂が棚の陰から心配そうに顔を覗《のぞ》かせている。

「す、すみません……、すぐ慣れると思うので……」

　また情けないところを見られてしまったと、爽良は咄嗟《とっさ》に弁解した。

　しかし、御堂は首を横に振った。

「別に慌てなくていいよ。君みたいに影響を受けやすい人にとっては、ここは相当居心地が悪いだろうし」

「……確かに、居心地が好《よ》いとは言い難いですが……」

「まあ、皆、落ち着いてはいるから」

「皆……？」

「そう、皆」

皆と言いながら部屋を見回す御堂に促され、初めて棚に視線を向けた爽良は、思わず息を呑む。

棚の上に並べられていたのは、日本人形をはじめとした、人を模した数々の置物。さらに、それらすべてが、まるで見張っているかのようにまっすぐに爽良を見下ろしていた。

中には、不自然に首を曲げてまで下を向くものや、棚ギリギリまで身を乗り出しているものもある。

「っ……！」

つい悲鳴をあげそうになり、爽良は慌てて手のひらで口を塞《ふさ》いだ。

「大丈夫だよ。動くけど」

「う、動……」

「霊って余所者《よそもの》には敏感だから」

「………」

さすがに、そうですねと簡単に納得できるような状況ではなかった。

ただ、御堂がいてくれて本当によかったと、改めて感謝していた。

「み、皆さん、まだ入ってるんですね……」

「ここに残ってる以上はそうだね。つまり、例のお雛様はこの中から間違って運ばれたってことになる」

「……なる、ほど」

「さっきも言ったけど、危険な霊なら親父が祓《はら》ってると思うから、別に怖がる必要ないよ」

その言葉を疑うつもりはないが、安全か危険かの問題ではないと爽良は密《ひそ》かに思う。

しかし不満を言える立場ではなく、爽良はおそるおそる奥まで進んだ。

ふと、背後から物音がして振り返ってみると、相変わらず全員の視線が爽良に集中していて、ゾワッと背筋が冷える。

「み、見張らなくても、なにもしませんから……」

ひとり言を呟《つぶや》いた瞬間、日本人形の首がカタ、と傾いた。

この恐怖から脱するには早く終わらせる以外にないと察し、爽良は急いで御堂の後を追う。

御堂は、奥の壁沿いを左の角へ向かって棚を確認しながら進んでいた。

爽良もおそるおそる棚を見上げると、格納されている物はすべて種類ごとに几帳面《きちょうめん》に分けられていて、歴史を感じる能面が並ぶ列もあれば、動物のぬいぐるみが並ぶ列もある。

入口側の壁面には、人の姿が描かれた掛け軸がずらりと掛けられていた。

やがて御堂は左の角まで進んで足を止め、壁際の棚を指差す。

「ああ、ここだ」

見れば、その棚の下半分はさまざまな大きさの木箱がぎっしりと詰め込まれ、上半分には剝《む》き出しの雛人形が雑然と並んでいた。

「まさか、これ全部ですか……？　箱の中も……？」

「うん。雛人形は霊たちから容《い》れ物としてずいぶん人気みたいだね」

「選んで入るってこともあるんですか……？」

「綺麗《きれい》なものに惹《ひ》かれる気持ちは生きてようが死んでようが同じだよ。それに、こういうものには造り手の念が多分に入ってたりするから、念がまた念を呼ぶっていう連鎖が起こるし」

「なる、ほど……」

御堂は当たり前のように語るけれど、その感覚を理解するのはなかなか難しく、爽良は曖昧《あいまい》に頷《うなず》く。

すると、御堂は棚から木箱をひとつ手に取り、蓋《ふた》を開けた。

「……さて。どうやって旦那《だんな》さんを捜そうか」

「そ、そうですよね……」

途端に本来の目的を思い出した爽良は、慌てて棚を確認する。

そして、なにげなく上を見上げた瞬間、ガラスケースに入ったお雛様と目が合った。

一瞬ドキッとしたけれど、その表情があまりに寂しそうに見え、胸騒ぎを覚える。そして。

――お母、さん。

突如、まるで頭に直接語りかけられるかのような、不思議な声が響いた。

「お母さん……？」

無意識に口に出すと、御堂が眉根《まゆね》を寄せる。

「どうした？」

「どう、って……、今、あのお雛様が『お母さん』って言いましたよね……」

「……あのお雛様が、ねえ」

その含みのある言い方に、爽良はたちまち不安を覚えた。

御堂はそんな爽良を見て、苦笑いを浮かべる。

「いや、俺には聞こえなかったから」

「え？……す、すみません、なら幻聴かも……」

「いや、違う。爽良ちゃんは同調しやすいんだよ。それも、俺が認識していた以上に。……というか、どんどん鋭くなってる気がする。……まずいかも」

「まずい、とは……」

「これだけ数がいる場所に長居したら、君の精神が持たないから」

精神が持たないという表現に、全身からサッと血の気が引いた。

どうやら、霊に執着されやすい自分の体質が、今回もまたよくない影響を及ぼすらしい。――けれど。

そのときの爽良の心を占めていたのは、恐怖よりもむしろ焦りだった。

「なら、急がなきゃ……」

なんだか、途端に腹が据わった気がした。

タイムリミットがあると知った途端、ただ足を引っ張るだけの存在になりたくないという強い思いが込み上げ、気持ちを奮い立たせる。

爽良は早速棚から木箱をひとつ手に取り、中を確認した。

一方、御堂はふと手を止める。

「なんか、君さ……」

「はい……？」

意味深に言葉が途切れ、爽良は首をかしげた。

しかし、御堂は突如我に返ったかのように、首を横に振る。

「……いや。ていうか、どういうのを捜せばいいんだっけ。お内裏様だってことはわかってるけど」

言葉の続きが気になったけれど、追及している余裕はなかった。

爽良は片っ端から木箱の蓋を開けながら、離れ離れになってしまった悲しみを訴えていたお雛様《ひなさま》のことを思い浮かべる。

「お雛様とお内裏様がきちんと対になっているものはまず除外です。ざっと見た感じ、対の二体はほとんど同じ箱に仕舞われているようですし、その中からわざわざ一体だけ取り出して移動させるなんてことはしない気がします。なので、箱のない、雑然と並んでいる雛人形たちの中にありそうな気がします」

「なるほど。なら、だいぶ絞れるね」

「はい。……あと、お雛様が剝き出しの刀を持っていたので、もしかしたら腰に鞘《さや》だけ残っているかもしれません。もちろん、鞘ごと外れてしまってる可能性もあるので、あまり当てになりませんが……」

「そうだけど、なら、少なくとも刀をきちんと差してるお内裏様は除外できるってことか。……にしても、刀が鞘から抜けるようになってたなんて、ずいぶん造りが細かいな。供養のためにわざわざ作ったって話だから、かなり高価なものなのかも」

「そういえば、着物もすごく綺麗でした。それに、住職のお話によると、相当昔のものみたいでしたね」

「なるほど。……じゃあ、ひとまずそれっぽいものだけ集めようか」

「わかりました」

爽良は頷き、棚の上半分から比較的古そうなお内裏様を捜す。

ただ、それは、想像よりも大変な作業だった。

なにより、雛人形に触れるたびに伝わってくる重い感情が、爽良の心をじりじりと削っていく。

精神が持たないという御堂の言葉の意味を実感するまで、さほど時間はかからなかった。

ほとんどの雛人形が抱えているのは、誰かに会いたいという寂しさや悲しみ。

必ず対で飾られる雛人形に希望を託す気持ちは、霊もまた同じなのだろう。

しかし、今はそのひとつひとつに感情移入するわけにはいかなかった。

爽良はなるべく考えないように意識しながら、それらしきお内裏様を次々と手に取る。

そして、半分程を確認し終えた頃、ふいに御堂が爽良の肩に触れた。

「……一度、深呼吸して」

見上げると、御堂の心配そうな視線に捉《とら》えられる。しかし焦点がなかなか合わず、意識も朦朧《もうろう》としていた。

爽良はたちまち危機感を覚え、ひとまず棚に背を向けて言われた通りに深呼吸をする。

すると、強張《こわば》っていた体がわずかに緩み、思考も落ち着きはじめた。

「すみません……、大丈夫です」

「ときどき一息ついて。じゃないと呑《の》まれるから」

「ありがとうございます。……それにしても、苦しい作業ですね。みんな同じように悲しんでいるのに、なにもしてあげられなくて」

御堂がこういう発言を「温《ぬる》い」と嫌うことを思い出したのは、言ってしまった後のこと。

ただ、心がすっかり疲弊しているせいか、誤魔化そうという気は起こらなかった。

御堂にも、とくにピリつく気配はない。

「ここにある人形は、寺に預けられただけマシだよ。たとえ会えなくてもいずれは癒《いや》されるし、浮かばれる」

「……そう、ですよね」

確かにその通りだと思いながらも、叶《かな》うなら、それぞれの思いが報われてほしいと願わずにいられなかった。

ただ会いたいというシンプルな願いがどれだけの未練を生むかを、爽良は今回のことだけでなく、これまでに経験した数々の出来事を通して知った。

ふと、さっき爽良だけに聞こえた「お母さん」という声が頭を過《よぎ》る。弱々しくも重く響いたあのひと言は、簡単には忘れられそうになかった。

「御堂さんのお母さんは……、どんな方だったんですか」

思わず零《こぼ》れたのは、普段ならとても聞けない問い。

爽良は、まだ頭がぼんやりしているせいだと自分に言い訳しながら、御堂を見上げる。

とはいえ、きっと答えてくれないだろうと諦《あきら》めている自分がいた。

しかし。

「……どうってこともないよ。普通の母親」

御堂は訝《いぶか》しむこともなく、棚を漁《あさ》りながら平然とそう答える。

「普通、ですか」

「……まあ、ちょっと子供っぽい人だったかもね。いい年して好奇心旺盛《おうせい》で、寺の補修に来てた業者さんの影響でＤＩＹに興味を持った時期があったんだけど、手先が不器用だから信じられないくらい下手くそで」

「御堂さんのお母さんなのに……？」

「遺伝しなくて助かったよ」

かすかな笑い声を含むその声に、なんだか胸が締め付けられた。

御堂はまるで思い出を辿《たど》るかのように、さらに言葉を続ける。

「ただ、霊感に関しては相当鋭くて、さも当たり前のように霊と関わってはすぐに同情して、利用されて痛い目に遭って……の繰り返しだった」

まるで、自分の話を聞いているようだと爽良は思った。聞く限り、御堂の母親は、体質もその思考回路までも、爽良と共通する部分が多い。

ふと、爽良にきつく当たる御堂の根底にあるものが、少し見えたような気がした。

「……見つかるといいですね」

なかば無意識に口から零れた瞬間、御堂の手が止まる。

しまったと思ったもののすでに手遅れで、御堂はわかりやすく不満げな表情を浮かべた。

「そういえば碧から聞いてたね。……俺の母親の魂が見つからないって話」

「あ……、はい……」

「ほんと、口軽すぎ」

そう言いながらも、御堂にさほど怒っているような雰囲気はなかった。

爽良はひとまずほっと息をつき、お内裏様捜しを再開する。すると。

「――見つけるよ」

ふいに、御堂の呟《つぶや》きがぽつりと響いた。

その声色は、まるで自分に言い聞かせているかのようでもあり、どこか空虚でもあった。

「御堂さん……」

かけるべき言葉を見つけられず、爽良は口を噤《つぐ》む。

一方、御堂はさっきの呟きなどなかったとばかりに、棚の最上段からいくつかのお内裏様を手に取り爽良に渡した。

「手、動かして」

「は、はい……、すみません」

衝動的に、自分にも御堂の母の魂を捜すのを手伝わせてほしいと言いそうになった。

けれど、やはり今の自分では口だけになってしまうとなんとか思いとどまり、爽良は右腕に抱えたお内裏様を見つめる。——そのとき。

ふと、腰に残された刀の鞘が目に入った。

「み、御堂さん……！」

「うん？……まさか、あった？」

「腰に、鞘が……！」

慌てて御堂の方に向けた、瞬間。——お内裏様の首が、突如くるりと爽良の方を向いた。

突然のことに、爽良はビクッと肩を揺らす。そして。

——美弥《みや》の、匂い、が。

頭の中に響いた、男の声。

御堂に反応はなく、これはさっき聞こえたものと同じで、自分にしか聞こえないものらしいと爽良は察した。

「美弥さんって……、いうんですか……」

声に出すと、御堂の瞳《ひとみ》が揺れる。そして。

——美弥は、私を、残し……。

ふたたび響いた声は、美弥とまったく同じ訴えを口にした。途端に、張り詰めていた心がふっと緩む。

爽良はお内裏様の目を見つめ、首を横に振った。

「……美弥さんは、あなたを置いて行ったわけじゃありません。あなたのことを、必死に捜していましたから……」

戸惑いながらもそう伝えると、無感情な目が爽良を射貫《いぬ》く。

「なので、もしよければ、あなたを美弥さんのところへお連れしたいと思うのですが……」

そう口にした途端、お内裏様の体が驚く程軽くなった。

そのまましばらく様子を窺《うかが》ったものの、もう声は聞こえてこず、動く気配もない。

しかし不安を拭《ぬぐ》いきれず、爽良は御堂を見上げた。

「あの……、反応がなくなりましたけど……、この方は私の提案を受け入れてくれたってことでしょうか……」

「っていうか、会話したの？……その中身と」

「会話というか、一方的に伝えただけというか……」

「……へぇ」

御堂は明らかに驚いていた。

決して褒められたわけではないけれど、散々苦言を呈されてきたこれまでと比較すれば悪くない反応に思え、爽良はほっと息をつく。

そして、お内裏様の着物の埃《ほこり》を払い、真後ろを向いた首をおそるおそる元に戻した。

「このお内裏様は碧さんに預けて、神上寺で一緒に供養してもらえるようにお願いしてみますね」

「了解。……なら、一件落着ってことで」

御堂はそう言うと、爽良の頭にぽんと触れた。

それはただの御堂の癖だけれど、怒らせてしまったあの夜以来こういうふうに撫《な》でられたことはなかったと、つい感慨深さが込み上げてくる。

しかし、ゆっくり浸っている暇はなく、御堂は早速爽良を出入口の方へと促した。

「じゃ、さっさとここを出て庄之助さんに挨拶《あいさつ》して帰ろう。君に妙なのが憑《つ》いていくと困るから、先に出て」

さすがの御堂も、これだけの気配に囲まれると消耗が激しいのだろう。少し疲れた表情で、周囲を見回す。

爽良は頷《うなず》き、足早に部屋を後にした。

間もなく御堂も部屋から出ると、手早く照明を落とし戸に手をかける。――しかし。

完全に戸が閉まる寸前、ほんの一瞬、不自然に動きを止めた。

表情が少し強張って見え、爽良はなんだか不安を覚える。

「御堂さん……？」

名を呼ぶと、御堂はかすかに瞳を揺らした。けれどすぐに表情を戻し、なにごともなかったかのように戸を閉める。

「いや、なんでもない。行こう」

「……はい」

気にはなったものの、こうも強引に誤魔化されてしまうと、理由を尋ねることはできなかった。

廊下を進む御堂を追いながら、爽良はチラリと後ろを振り返り、先ほどの部屋を見る。しかし、部屋の外からではなにも感じ取れない。おそらく、戸に結界が張られているのだろう。

モヤモヤしながら歩いていると、ふいに、胸元に抱えたお内裏様がかすかに動いた。

「……ですよね。今は、お二人のことだけ考えます」

別に不満を訴えられたわけではないが、爽良は自分に言い聞かせるかのようにそう呟く。

そして、不思議そうに振り返る御堂に、曖昧《あいまい》な笑みを返した。

その後、爽良はふたたび御堂の家に上がり、庄之助の遺骨のある仏間に通してもらった。

遺骨の前にはたくさんの花が飾られ、住職が庄之助のことをいかに大切に思っているかが伝わってきた。

「庄之助さん、お久しぶりです」

爽良は手を合わせ、庄之助のことを思う。

しかし、十何年ぶりかに庄之助を目の前にしているというのに、なぜだか、逆に遠く感じられた。

むしろ、鳳銘館でときどき感じる庄之助の気配の方がずっと近い気がして、爽良は遺骨を見つめながら戸惑いを覚える。

すると、ふいに御堂が笑い声を零した。

「ま、骨だからね」

「え……？」

「遺骨は生きた証《あかし》だけど、魂の容《い》れ物としての役目はもう終わってる。遺骨を前にひとり言を言ってるような気になるのは、鋭い人間にとってのあるあるだよ」

それは、妙に納得感のある説明だった。

確かに、庄之助の遺骨はただ静かに佇《たたず》んでいるだけで、そこから感じ取れるものはとくにない。

「……なるほど」

「無害な、いわゆる守護霊って呼ばれてる類《たぐい》の念も遺骨には宿らないから。もちろん残ってない方がいいんだけど、つい、会えるんじゃないかって期待しちゃうよね。……がっかりした？」

「……いえ」

はっきり首を横に振ると、御堂が目を見開く。

ただ、自分を導いてくれた庄之助を常に近くに感じていたい爽良にとって、それはがっかりどころか、むしろ希望のある事実だった。

「もうここにいないなら、鳳銘館にいるんだろうなって思えるので。ってことは、ときどき感じる庄之助さんの気配は本物だったんだなって」

「本物、ねぇ」

「はい。もちろん、勘違いでも思い込みでもいいんですけど、そう思ってると心強いですし」

「……そう」

「なので、帰りましょう。……鳳銘館に」

そう言って勢いよく立ち上がった爽良に、御堂はやれやれといった表情を浮かべながらも頷き返す。

「そうだね。……帰ろう」

深い意味はないとわかっていながら、御堂の「帰ろう」という言葉は、爽良の心に長い余韻を残した。

「――爽良さん！」

帰り際、山門を抜ける寸前に呼び止められて振り返ると、紙袋を抱えた住職の姿があった。

爽良は慌てて頭を下げる。

「今日はお邪魔しました。いろいろありがとうございました」

すると、住職は優しく微笑み、紙袋を差し出した。

「仏様のおさがりだけれど、迷惑でなければ持って帰ってくれないかな。たくさんあって、とても食べきれないから」

受け取りながら中をチラリと覗《のぞ》くと、いくつかの菓子折の箱が見えた。

「こんなに……、ありがとうございます。いただきます」

「よかった。では、またいつでも来てくださいね。それに、吏はよほどの用がないとうちに寄り付かないから、こうして連れてきてくれると助かるよ」

「あ、……えっと」

サラリと頼まれたものの、勝手に返事をするのは憚《はばか》られ、爽良は言葉を濁しながら御堂を見上げる。

すると、御堂はわかりやすく眉間《みけん》に皺《しわ》を寄せた。

「いや、爽良ちゃんが困ってるから。そもそも、俺は親父から呼び出しがかかるたびに手伝ってるだろ」

「そうは言っても、呼び出さない限り手伝わないなんておかしいだろう。……ねえ、爽良さん」

「いや、あの……」

今度は同意を求められ、爽良はふたたび困惑する。

ただ、その一方で、どうやらこれは爽良を巻き込み御堂を頷かせる作戦らしいと、住職の思惑を察していた。

なおさら簡単に頷くわけにはいかず、爽良はとにかく話を変えようと必死に頭を働かせる。そして。

「さ、寂しいですよね、あまり顔を出してくれないと……。また是非お邪魔させてください。今度は碧さんも一緒に……」

碧も一緒にと口にした瞬間、ほんのかすかに引き攣《つ》った住職の表情を、爽良は見逃さなかった。

思わず言葉を止めてしまい、微妙な沈黙が流れる。

すると、御堂が強引に爽良の腕を引いた。

「じゃ、帰るわ」

「ああ、必ずまた近いうちに」

なにごともなかったかのような挨拶が交わされ、爽良は腕を引かれるままに足を進める。

そして、そのまましばらく無言で歩き、やがて駅の入口が見えてきた頃、御堂がゆっくりと口を開いた。

「……親父は碧がうちに来るのを嫌がるんだ」

ぽつりと零《こぼ》された衝撃の言葉に、爽良は目を見開く。

「そ、そうでしたか……、すみません。普通に話題に出されていたので、なにも考えずに……」

「いや、謝ることない。むしろ気を遣わせてごめん」

「……あの」

立ち入りすぎはよくないと思いながらも、この流れで理由を聞かないのはさすがに無理があると、爽良はおそるおそる御堂を見上げた。

すると、御堂はそれを察したのか、ゆっくりと口を開く。

「恥ずかしながら、いわゆるお家騒動だよ。……碧の母親は善珠院を自分の娘に継がせたがっていて。……まあ、俺がこんなだしね」

「善珠院を、碧さんに……？」

「俺はどうでもいいんだけど、親父は断固拒否していて、今や碧を善珠院に近寄らせもしないっていう」

「だから、碧さんは神上寺に……」

「そういうこと。親父と、叔母《おば》――つまり碧の母親との兄妹《きょうだい》仲もかなり微妙でね。っていうのが、叔母はあまり霊感を持たずに生まれたせいで、子供の頃から結構不遇な扱いを受けてたらしくて。兄への妬《ねた》みをふつふつと募らせる中、ほぼ強引に見合いをさせられて嫁に出されて、……まあ上手《うま》くいかずに出戻ってきたんだけど、前の旦那《だんな》との間に授かった碧にとんでもない資質があったもんだから、子供の頃の恨みを晴らすべく碧を使って善珠院を乗っ取ろうとしてる——って、親父は思ってるみたい」

「ふ、複雑ですね……」

「もちろん、叔母側の本音はわからないけど。ただ、少なくとも俺や碧は跡継ぎの話に興味がないから、親同士が勝手に拗《こじ》らせてるだけ」

御堂はさらりと語るけれど、その内容は想像以上に重く複雑で、爽良はどう反応すればいいかわからなかった。

ただ、「俺や碧は跡継ぎの話に興味がない」という言葉が嘘でないことは、普段の御堂たちの様子を見ていれば明白であり、あくまで二人の中では、さほどデリケートな話題ではないのだろう。

とはいえ、寺の跡継ぎ問題となると、いつまでも躱《かわ》し続けられるようなことではない。

御堂たちの気苦労を思うと、途端にどっと疲労感を覚えた。

「私は、自分の体質が両親に理解されないことが苦しかったですけど……、理解のある環境なら必然的に気楽ってわけでもないんですね……」

爽良はふと、自分が育った環境を思い浮かべる。

御堂は出会った当初、爽良が自分の体質をずっと隠し続けていたことを聞き、かなり驚いていた。

当時は、理解のある環境に生まれた御堂を少し羨《うらや》ましくも思ったけれど、能力の差で扱いが変わったり、跡継ぎ問題で親戚《しんせき》と揉《も》めたりするなんて、想像しただけで心がすり減ってしまう。

「いや、爽良ちゃんとうちじゃ例が極端すぎるよ。この件に関してはいろんなケースがあって、一概には言えないし。ただ、さっき親父が似たようなこと言ってたけど、信頼関係とか絆《きずな》って多分、親だからとか、近くにいたからとか、そういうもので無条件に成り立つものじゃないんだと思う。相手を信用できるかどうかは、そういうのを取っ払って考えないと痛い目見るし」

淡々と発される御堂の言葉が、心にずっしりとのし掛かった。それも無理はなく、御堂は跡継ぎ云々《うんぬん》の話はもちろん、母親のことや依のことなど、爽良が知るだけでも身内の間に複雑な問題を多く抱えすぎている。

ただ、その言葉から感じ取れたのは、決して重いものばかりではなかった。

「庄之助さんのことは、どうですか？」

衝動任せの問いに、御堂が目を見開く。

「……なに、急に」

「〝そういうのを取っ払って考えた〟絆は、ありましたか……？」

わかりきっていることをわざわざ聞いてみたいと思った理由は、爽良にもよくわからない。

困った顔を見て少し後悔が込み上げたけれど、そのときは、なぜだか答えを聞くまで引き下がる気持ちにならなかった。

そして。

「……それは、まあ。人のじいちゃん捕まえてなに言ってんだって話だけど、家族以上に家族だと思ってるよ」

珍しく照れくさそうに逸《そ》らした目を見て、爽良は、これはきっと本音だと直感する。

途端に、心がふわりと温かくなった。

「……ありがとうございます」

「なんで君がお礼を言うの」

「……変ですよね。でも私、絆ってよくわからないなって思っていたから、二人の間にあるってことがなんだか嬉《うれ》しくて」

そう言うと、御堂はさも居心地悪そうに雑に頭を掻《か》く。しかし。

「わかんないとか言ってるけど、血縁を超えた絆に関して言うなら、君らには到底敵《かな》わないよ」

「君ら……？」

御堂が口にしたそのひと言で、完全に立場が逆転した。

誰のことを指しているのか、本当はわかっていた。

御堂はさっきまでの動揺をすっかり拭《ぬぐ》い去り、はっきりと頷《うなず》く。

「上原《うえはら》くん以外にいないでしょ」

思わず、目が泳いだ。

礼央とのことは今まさに悩んでいる最中であり、しかも、ひたすら混迷を極めている。幼馴染《おさななじみ》として長年傍にいた礼央に対し、当然絆を感じてはいるものの、今はそのたったひと言で説明できる程単純な状態ではなかった。――しかし。

「つい数日前も、爽良ちゃんの部屋の前で待ち伏せしてた雛人形《ひなにんぎょう》を回収して、碧に渡してるところを見たばっかだし」

それを聞いた瞬間、ぐちゃぐちゃだった頭の中が一気に真っ白になった。

「え？……なんですか、それ……」

思い出すのは、ついこの間目撃した、礼央が碧の部屋から出てくる光景。しかし、雛人形を渡していたなんて話はまったく聞いていない。

「いや、あの雛人形に憑《つ》いてた霊、気配を隠すのが異常に上手《うま》かったでしょ？　でも、念って物に入ったり抜けたりする瞬間だけはどうしても気配が出ちゃうから、彼は、爽良ちゃんを部屋の前で待ち伏せしてる雛人形をさらに待ち伏せして、抜けた瞬間を目で確認した上で、地道に候補から除外してたみたいだよ。……ほんと、霊能力者も驚くようなことを平然とするよね、彼は」

「………」

「普通、そこまでできないでしょ。普段はなに考えてるか全然わかんないけど、君のことをいかに大事に思ってるかって部分だけは異常にわかりやすいよね。そもそも君のことが心配で引っ越してきたわけだし、隠す気もないんだろうけど」

「礼央が、そんなことを……」

「知らなかったんだ？……いや、君が気にするからって隠してた可能性もあるな。……やば。俺、ばらしちゃったかも」

御堂はそう言うが、その表情から焦りはまったく感じ取れない。

おそらくすべてを、——礼央のことに限らず爽良が抱える葛藤《かっとう》までを察した上で、わざと教えてくれたのだろう。

「礼央って、わかりやすいんですか……？」

「さっきも言った通り、ごく一部の偏った部分だけね。とはいえ、当事者には案外わかんないものなのかもしれないけど」

「………」

わからないはずがないと、爽良は思う。

自分が複雑に考えすぎていただけで、改めて思い返せば、礼央はいつもまっすぐだったと。

けれど、いつからか自分を卑下することに慣れてしまった爽良は、それをそのまま受け取ることができなかった。

今思えば、自分なんかと一緒にいてもいいことはないと、礼央の将来を心配する振りをしながら、傷つかないための予防線を張っていたように思う。

しかし、本音はもう誤魔化しようがなかった。

碧と一緒のところを見て勝手にショックを受け、雛人形から嫉妬《しっと》を指摘されてもなお認められずにいたけれど、もうさすがに逃げようがない。

「……どうしよう」

戸惑いがそのまま声になり、御堂が人の悪い笑みを浮かべる。

「君は変なところで頭が固いから、多分、難しく考えすぎなんだよ。ただ、絆って、家族にしろ友情にしろ愛情にしろ一方的なものじゃないし、もちろん永遠でもないし、いつまでもそうやって余裕で構えてたら後悔するよ」

「……ないですよ、余裕なんて」

「そう？」

「話さなきゃ……」

「……いいね」

煽《あお》られているとわかっていながらも、そのお陰でやるべきことがシンプルになり、爽良は御堂に感謝していた。

とにかく、一刻も早く礼央と話さなければならないと、――卑屈にならず余計な予防線を張らず、今のありのままの気持ちを伝えなければならないと、突如生まれた焦りで歩調がみるみる速くなる。

「速いって」

「すみません、急いでください」

「……嘘でしょ。今こそ『すみません』じゃないの」

「御堂さん、早く……」

ホームに向かって階段を下りながら、御堂の笑い声が響く。

その声を聞いていると、御堂との間にあった分厚い壁が、ほんの少し薄くなったような気がした。

意気込んで帰ったものの、礼央は不在だった。

碧もおらず、爽良はひとまずお内裏様を御堂に預かってもらい、落ち着かない気持ちで裏庭をうろうろと歩く。

そして、最終的に行き着いたのは、やはりガーデンだった。

音を立てないようにガーデンチェアに座ると、目線の先に鳥たちの姿が見える。

たちまち心がスッと穏やかになり、爽良は目を閉じてしばらく周囲の音に耳を澄ませた。

「――爽良、風邪ひくよ」

いつの間にか眠ってしまっていたことに気付いたのは、名を呼ばれた瞬間のこと。

目覚めた瞬間に礼央と目が合い、現実だと気付くまで少し時間が必要だった。

「あれ、礼央……」

「御堂さんから聞いたけど、雛人形が捜してた相手、見つかったんでしょ」

「あ……、うん。御堂さんのお寺に……」

「よかったね」

頷きながら、爽良は戸惑う。

というのも、ついさっきまでは胸がいっぱいで気持ちがはやり、礼央を前にすれば自分の考えていることが勝手に言葉になって出てくるような気がしていた。

けれど、いざとなってみると、頭が真っ白でなにも浮かんでこない。

「そ、そういえば……、礼央が雛人形を監視して、候補を絞ってくれてたって聞いて……、ありがとう……」

ようやく口から出たのは、知らないうちに協力してくれていたことへのお礼。

しかし、礼央はわずかに視線を落とした。

「いや、気にしないで。結果的にあまり意味なかったし」

「そんなこと……」

「あるよ。今回は、全部爽良の力だと思う。それに、お内裏様を見つけてあげたいなんて、爽良らしいなって。お雛様の方を封印した時点で、碧さんはすっかり興味を失ってたのに。……想像だけど、庄之助さんでも同じことしたんじゃないかな」

「住職も、同じこと言ってくれて……」

「なら、お墨付きだね」

嬉しいはずの言葉を並べられているのに、なぜだか胸騒ぎが止まらなかった。

まるで、自分の役目はもう終わったと言われているような気がして。

しかし、それを確かめるための言葉すら、一向に浮かんでこない。――そして。

「……じゃあ、暗くなる前に戻りなね」

そう言うと、礼央はあっさりと背を向けた。

「ちょっと待っ……！」

声を上げたのは、半分勢いだった。

慌てて立ち上がった衝撃で、ガーデンチェアが背後に倒れる。

咄嗟《とっさ》に振り返った礼央の表情は、珍しく驚いていた。けれど、そんなことに構っていられず、爽良は礼央の方へと一歩踏み出す。

「ちょっと、待って……」

かろうじて口にしたのは、さっきと同じ言葉。

人に伝えることの難しさを、爽良は改めて実感する。

同時に、これまでなんのストレスもなく礼央との意思疎通ができていた理由は、すべて礼央が上手《うま》く汲《く》んでくれていたお陰なのだと痛感していた。

「どうしたの、慌てて」

心配そうな視線が、まっすぐに刺さる。

頭の中はぐちゃぐちゃだけれど、礼央の察し力の高さにばかり頼っていられないと、爽良は拳《こぶし》をぎゅっと握った。

「ここって、椅子が、ひとつしかないから……」

「……うん？」

「私、ここなら一人でいてもいいんだって思えて、なんだか、安心できたって、いうか……」

「……うん」

訥々《とつとつ》と、なんの脈絡もないことを話しはじめた爽良を見て、礼央が瞳《ひとみ》を揺らす。

さぞかし困らせているだろうと思いながらも、今止めたら本当になにも言えなくなってしまう気がして、爽良は無理やり言葉を続けた。

「いつかは礼央も離れて行くから、だからなおさら、ここは私にぴったりの居場所だって言い聞かせていたん、だけど……」

礼央は、もう相槌《あいづち》を打たなかった。

この支離滅裂で下手くそな説明に真剣に耳を傾けてくれているのだと思うと、張り詰めていた心がわずかにほどける。

「でも、やっぱり――」

言葉に感情が追いつくと同時に、胸がいっぱいになって声が震えた。

代わりに、目の奥がじわりと熱を持つ。そして。

「礼央がいないと、……寂しい」

弱々しい本音が零《こぼ》れると同時に、爽良の体は礼央の体温にすっぽりと包まれた。

「なに、それ」

いつもなら動揺するはずなのに、そのときの爽良の心に広がっていたのは、あるべき場所に戻ってきたかのような安心感。

「誰が離れて行くって？」

「………………」

「勝手にそういう前提にするの、やめてほしいんだけど」

迷惑そうな言い方をしながら、背中に回る腕は壊れ物を扱うかのように優しい。

「それは、……だって」

「最初から言ってるじゃん。ずっと一緒にいるって」

「そうだけど、礼央は――」

どういう意味で言っているのか、と。浮かんだ疑問はあまりにも直接的で、さすがに勢い任せに尋ねることはできなかった。

そもそも、どんな答えが返ってきたとしても、爽良の経験値で処理できる気がしない。

それに、今は一緒にいてほしいというもっとも重要な思いを伝えられただけで、十分な気がした。

「俺が、なに」

子供のような応酬に笑いながら、礼央は爽良からわずかに体を離すと、日が傾きはじめた空を見上げる。

「……泳いでない」

「目、泳いでるけど」

「……なんでもない」


「そろそろ暗くなるから、戻ろうか」

言われてみれば、気温もずいぶん下がっていた。

ひとまず頷《うなず》いたものの、名残惜しいという本音が邪魔してか、足がなかなか動いてくれない。

すると、礼央はなにも言わずに倒れたガーデンチェアを起こして爽良を座らせ、自分はすぐ横の木の根に腰を下ろした。

爽良は咄嗟にガーデンチェアの座面を半分空ける。

「汚れるから、こっちに……」

しかし、礼央はふたたび笑い声を零した。

「いや、子供じゃないんだから。……まあ、それもちょっと懐かしいけど」

「懐かしい……？」

「うん」

礼央は頷くだけで、それ以上はなにも言わなかった。おそらく、その答えは爽良が意図的に封印した記憶の中にあるのだろうと、爽良は過去に思いを馳《は》せる。しかし。

「……ガーデンチェア、もう一脚増やそうかな」

ふいに浮かんできたのは過去の記憶ではなく、唐突な思いつきだった。

「ここに？」

「うん。……でも、ここは庄之助さんのお気に入りの場所みたいだから、勝手に変えちゃうと嫌がるかも……」

一度は名案だと思ったものの、改めて考えると、庄之助が遺《のこ》したものに手を加えるのはなんだか躊躇《ためら》われた。

しかし、そのとき。ふいに立ち上がった礼央が、爽良の肩をそっと押す。

「やっぱ端にずれて」

「え、なん……」

戸惑いながらも体を端にずらすと、礼央は半分空いた座面に腰を下ろした。

「せっま」

「こ、子供じゃないんだからって、さっき自分が……」

「そうなんだけど、座りたくなって」

「…………」

礼央の考えていることは、ときどきよくわからない。ただ、意味のないことはしないと知っているからこそ、悪ふざけとして流すことはできなかった。すると。

「ここは庄之助さんの居場所だったけど、今は爽良の居場所でしょ」

礼央がそう口にした瞬間、ドクンと心臓が大きく鼓動を鳴らした。

「え……？」

「庄之助さんだっていずれはそうなることがわかってたから、すぐそこの巣箱に写真を残したりしたんじゃん。さも意味深に」

「それは……」

「だから、好きに変えていいんだと思うよ。庄之助さんじゃなくて、爽良の居心地がいいように」

「居心地……、私の……？」

「そう」

礼央の言葉を頭の中で繰り返しながら、いかにも庄之助が言いそうな言葉だと爽良は思う。

同時に、さっきまであったはずの迷いはすっかりなくなっていた。

「なら、……やっぱりもう一脚増やしたい」

「だよね、狭いもん」

「ふっ……」

思わず笑ってしまった爽良を見て、礼央が穏やかに目を細める。

その表情を見ながら、——一脚しかない椅子を見て安心するなんてとんだ勘違いだったと、爽良は密《ひそ》かに考えていた。

居心地の好《よ》い場所には、礼央がいなければならない。

ずっと昔から、そうだったように。

＊

雛人形《ひなにんぎょう》の事件がすっかり片付いた、十一月のある日。

爽良はふたたび、三〇一号室でぼんやりと立ち尽くす御堂の姿を見かけた。

まるでデジャヴのように以前の記憶と重なり、たちまち不安が込み上げてくる。

声をかけるべきか悩んでいると、ふいに、背後から足音が聞こえた。

「爽良ちゃん？」

振り返ると、そこにいたのは碧。

つい過剰に反応してしまい、爽良は誤魔化すことができずに、薄く開いた戸の隙間を視線で指す。

すると、碧は不思議そうに中を覗《のぞ》き込み、大きく目を見開いた。

「あーあ……、あんまやんない方がいいのに……」

そのいかにも訳知りな呟《つぶや》きに、爽良は戸惑う。

すると、碧は口の前に人差し指を立て、爽良の背中を押してゆっくりその場を離れると、階段の前まで移動してようやく動きを止めた。

「あの、今のって……」

「うーん……、なんていうか……」

碧らしくない歯切れの悪さに、なおさら不安が募る。そして。

「イタコって、聞いたことある？」

迷いながら碧が口にしたのは、あまり聞きなれない言葉だった。

「イタコ……？」

「そう。自分の体を使って霊を降ろす霊能力者のこと。で、多分だけど、吏がやってるのはそれの真似っこ」

「自分の体に霊を降ろすって、碧さんが前にやってたようなことですか？」

「いや、それが、似てるようで全然違うのよ。私の場合は体の一部を容《い》れ物として使ってるだけだけど、向こうのは憑《つ》かせるようにあえて仕向けてるから。つまり、私の方は失敗しても心まで支配されることはないんだけど……」

急に小さくなっていく語尾に、爽良はふと嫌な予感を覚える。

「それってまさか……、御堂さんのやり方だと、支配されることもあり得るって意味ですか……？」

爽良が口にしたのは、もっとも当たってほしくない予想だった。けれど、碧は躊躇いながらもはっきりと頷く。

「まあ、あの感じだと、なにが降りてくるかわかんないんだろうし……」

全身から一気に血の気が引いた。

同時に、前に目撃したときの御堂の様子のおかしさを思い出す。

「そういえば、あのときの御堂さん、まるで別人みたいでした……」

「みたいっていうか、まさに別人が降りてたんじゃないかと……」

「そんな悠長な！　私、止めてきます！」

「ちょっ……、待って待って、止めても無駄だって！」

「どうしてそんなこと……！」

「お母さんを捜してるんだよ、吏は！」

その言葉で、すっかり血が上っていた頭がスッと冷えた。

「え……？」

碧はやれやれとばかりに深い溜《た》め息をつく。

「……なに言ったって止めないよ、吏は。お母さんを見つけることは、吏にとってなにより優先順位が高いんだから。……どんなに危険だろうが、彼はやる」

珍しく真剣なその口調には、これ以上ないくらいの説得力があった。

たちまち、やりきれない思いが込み上げてくる。

「だけど、もっと他にも方法が……」

「あるかもしれないけど、残念ながらあの方法が一番確度が高いから」

「確度、って……」

「やっぱり、自分と相性のいい魂が集まってくるものだし。身内を捜すってなると、どうしても……」

聞けば聞く程、止めようがないという事実を突きつけられる。

むしろ、もし自分が御堂の立場だったらと考えると、同じことをしないとは言いきれなかった。

どんなに危険だろうが、誰に止められようが、可能性のある方法を試すだろう。

けれど、――だとしても、危険だと知りながら見て見ぬふりをすることはできなかった。

三〇一号室の方を見つめながら、爽良は拳《こぶし》を強く握りしめる。

そして。

御堂を助けたい、と。

何度も胸にしまい込んだ思いが、ふたたび大きく膨らみはじめていた。

番外編

離れた巣箱の住人

鳳銘館に届いた新しいガーデンチェアは、眩《まぶ》しい程に真っ白だった。

裏庭のガーデンセットと同じメーカーに問い合わせたものの廃番と知り、何度かやりとりを重ねながら似たものを探してもらい、結果、買うと決めてから届くまで半月近くかかったけれど、御堂に言わせればそれでもずいぶん早いらしい。

というのも、調度品や建材にいたるまでほとんど特注品を使っている鳳銘館においては、修繕のために部品を発注しても数ヶ月待ちなんてことはざらにあり、むしろメーカーが現存しているだけ幸運なのだという。

とはいえ、基本翌日配達の便利な通販に慣れている爽良からすれば、半月はとても長く感じられた。

ワクワクしながら指折り数えていたことも、おそらくその原因のひとつだろう。

たかだか椅子とはいえ、自分のお気に入りの場所に物が増えるのはやはり楽しみだった。

しかし、感動も束の間、早速裏庭にガーデンチェアを運んだ爽良を迎えたのは、想定外の展開。

設置した途端、まず覚えたのは圧倒的な違和感だった。

「白すぎる……」

原因は、まさにそこにあった。

何十年もかけて古色がついたガーデンセットに、真新しいガーデンチェアはまったく馴染《なじ》まない。

愕然《がくぜん》としていると、様子を見にきた御堂が肩をすくめた。

「あっちはボロすぎるし、こっちは白すぎるっていう。悪い意味で互いを際立たせてるね」

「そんな……、どうすれば……」

「簡単だよ。どっちかに合わせればいい」

簡単という言葉に、爽良は俯《うつむ》きかけた顔を上げた。

DIYの知識をまったく持たない爽良にとって、御堂の存在はなにより心強い。ひとまずほっと息をつくと、御堂は新旧二脚のガーデンチェアを見比べながら首を捻《ひね》った。

「どっちに合わせたい？　古い方が鳳銘館らしいっちゃらしいけど」

「古い方に合わせるなんてこと、できるんですか？」

「できるよ。今はアンティークブームだから、わざとヴィンテージ感を出すエイジング加工が流行《はや》ってるし、それ用の技術がネットに溢《あふ》れてる」

「わざと古く、ですか……。でも、実際に何十年もかけて変化したものだらけの鳳銘館には、ちょっとそぐわない気も……」

「同感。……じゃ、古い方を塗り直しだね。……なら、塗料と防腐剤と……」

御堂は頷《うなず》くと、ブツブツ言いながら建物の方へ向かう。そして、くるりと振り返り、爽良を手招きした。

「なにぼーっとしてんの。道具貸すから付いてきて」

「あ、はい……！　というか、私が自分でやってもいいんですか……？」

「うん。やりたいでしょ？」

爽良の気持ちを見透かしているかのようなその言い方に、たちまち気持ちが高揚する。

爽良は何度も頷き、御堂の後に続いた。

「や、やりたいです……、けど、初心者だしもし失敗したら……」

「失敗したらしたで、愛着が湧くよ」

「愛着……！」

ただでさえ楽しみにしていた爽良にとって、「愛着が湧く」という言葉には魅力しかなかった。

爽良は御堂に連れられるまま、いくつかの用具入れと倉庫を回る。

そして、最後に御堂から手書きの工程表を渡され、「困ったら呼んで」という言葉をもらい、一人裏庭へ戻った。

ガーデンの前に荷物を下ろしてから、最初に戸惑ったのは借りた道具の多さ。困ったことに、そのほとんどが初めて目にするものだった。

嫌な予感がして工程表を見ると、「剥離《はくり》」に「研磨」にと、項目がいくつもあり、一日では到底終わりそうにない。

白い塗料を重ね塗りするだけだろうと簡単に考えていた爽良にとって、それは衝撃の事実だった。

ただ、不安はあれど楽しみな気持ちに変わりはなく、爽良は早速最初の工程として記された、「洗浄と古い塗料の剥離」に取りかかる。

それは水を流しながらワイヤーブラシでひたすら擦《こす》るという単純作業であり、特別な技術が必要ないぶん気が楽だった。

爽良は水遣《や》り用の蛇口からホースを引っ張り、早速作業を始める。

十一月に外でやる作業としては少し厳しいが、興味と楽しさが勝ってか、あまり気にならなかった。

ようやく塗装の作業に移ったのは、翌日のこと。

古い塗料の剥離から錆止《さびど》めの塗布までを終え、ようやく最終工程まで辿《たど》り着いたものの、始めるやいなや、爽良は途方に暮れた。

というのも、決して器用とは言い難い爽良にとって、時間と根気さえあればなんとかなるこれまでの作業と違い、複雑な透かし模様の入るガーデンチェアへの塗装は想像を絶する難易度の高さだった。

手際が悪いせいかすぐにムラになり、それを直そうとグズグズしているうちにバケツに出した塗料が粘度を増し、余計に凹凸ができてしまう。

御堂は失敗しても愛着が湧くと言うが、さすがに許容範囲というものがあるだろうと、次第に不安が込み上げてきた。

そんなとき。

「爽良」

ふらっと現れたのは、礼央。

ここ最近は忙しいと聞き、あえて声をかけずにいたけれど、礼央は爽良を見てすぐに袖《そで》を捲《まく》った。

そして、爽良の横にあぐらをかいて座る。

「手伝う」

「だけど、忙しいって……」

「順調だし、今日は余裕あるから平気」

礼央はそう言い、爽良の手から刷毛《はけ》を抜き取る。そして、工程表をチラリと見た後、早くも作業をはじめた。

薄々予想はしていたけれど、礼央はかなり手際がよく、爽良が塗ったムラだらけの部分すら器用にリカバリーしていく。

「もしかして、趣味でやってた……？」

「だとしたら、爽良が知らないわけなくない？」

「じゃあ初めてってこと……？　上手すぎない……？」

驚く爽良を他所《よそ》に、礼央はあっという間に一脚を塗り終えると、今度は新しい方のガーデンチェアに腰掛け、テーブルの塗装作業に移った。

しかし、そのとき。

ふいに、礼央の携帯から軽快な通知音が響く。礼央は作業の手を止めてそれを確認し、さも不満げに目を細めた。

「もしかして、仕事の連絡……？」

「……仕事というか、知り合いのアプリ開発企画のブレストに、リモートでいいから付き合ってほしいって言われてて。もう何回も断ってるんだけど、勝手にメンバーに入れられて、強引に予定入れてくるんだ。今のは開始十分前っていう通知」

「そ、そうなんだ……、なんか、大変そう……」

「人付き合いが面倒だから一人でやってんのに、ほんとやめてほしい」

礼央はそう言って携帯を仕舞い、しかし、なにごともなかったかのようにふたたび刷毛を動かす。

てっきり仕事に戻るとばかり思っていた爽良は、ポカンと礼央を見つめた。

「あ、あの……、ブレストは……？」

「行かない」

「で、でも一応約束なんじゃ……」

「破る」

「え、ちょ……」

あまりにもはっきりと言い切られ、爽良は思わず動揺した。

強引に取り付けられた約束とはいえ、もしこの作業中でなければ参加していたのだろうと思うと、なんだか申し訳ない気持ちになる。

ただ、不謹慎だと思いながらも、迷いなく「破る」と口にした潔さには、じわじわと笑いが込み上げてきた。

同時に、――頭の奥でふと、閉ざされた記憶が動き出すような感覚を覚える。

そして。

「あれ……？　なんか、前に同じようなことが――」

呟《つぶや》いた瞬間、過去の光景が一気に脳裏に蘇《よみがえ》ってきた。

＊

「――寂しい」

そんな呟きを耳にしたのは、小学校からの帰り道。

通学路の途中にある大きな家の前で、当時三年生だった爽良は足を止めた。

最初は気のせいかとも思ったけれど、周囲を見渡せば、正面の家の一階の窓が薄く開き、中からかすかな泣き声が聞こえてくる。

カーテンが閉められ中は見えないが、声から判断するに、どうやら女の子らしい。

爽良はなんだか気になって、庭越しに、声のする方をしばらく見つめる。

「だい、じょうぶ……？」

声をかけたのは、半分無意識だった。

その瞬間、泣き声がぴたりと止み、辺りがしんと静まり返る。そして。

「誰……？」

問いが返され、爽良の心臓がドクンと跳ねた。

「あ、えっと……、そ、爽良、です。近くの小学校に通ってて」

「爽良ちゃん……？　ねえ、もっとこっちに来て……？」

「でも、お庭が」

「……いいよ、入ってきて」

普通なら躊躇《ためら》ってしまうような提案だったけれど、そのときの爽良は、むしろ少し高揚していた。

というのも、爽良には女の子の友達が一人もいない。それどころか、まともに話せる相手すら。

クラスメイトたちは霊の気配にビクビクしている爽良を気味悪がったし、爽良自身もまた、クラスに友達を作ることなんてとうに諦《あきら》めていた。

唯一普通に接してくれる礼央は学年が違い、常に一緒にいられるわけではない。さらに、友達の多い礼央の傍にはいつも誰かがいて、たとえ校内ですれ違っても気負けしてしまい、爽良が自分から話しかけることはできなかった。

そんな理由から、一緒に帰ろうという礼央からの誘いを遠慮しはじめたのもこの頃のこと。もはや、一人で過ごすことに爽良はすっかり慣れてしまっていた。

ただ、それは裏を返せば、慣れざるを得ないくらい多くの孤独を経験してきたことを意味する。

そんな爽良だからこそなおさら、「寂しい」と泣く少女を放っておくことはできなかった。

爽良は生垣の隙間からこっそりと庭に入り、窓の前に立つ。

カーテンの奥からは、かすかに薬の匂いがした。

「……大丈夫？」

おそるおそる話しかけると、小さな咳《せき》が響く。

「病気……？」

「病気で、外に出られないの」

「外に出ると、ブツブツが出るから。お日さまが、駄目なんだって」

「そう、なんだ……」

見れば、部屋にかかるカーテンはかなり分厚い。

それは爽良の知らない病気だったけれど、その症状がどれだけ日常生活に支障をきたすかは、容易に想像することができた。

「だから、いつも、一人なの。学校も行けないし、友達も、いなくて」

少女はさらに言葉を続ける。

たどたどしく語られるその告白は、とても他人事《ひとごと》に思えなかった。

「私もいないよ、友達……。学校に行ってるのに、一人しか……」

言ってしまった後で、理由を聞かれたらどうしようと不安を覚える。

普通は視えないものが視えるなんて言えば、きっとこの少女も自分のことを気味悪がるだろうと。――しかし。

「じゃあ、……私と友達になってくれる？」

爽良の心配を他所に少女が口にしたそのお願いは、爽良にとってこれ以上ないくらい魅力的な響きを持っていた。

その日以降、爽良は学校帰りに少女のもとに通うようになった。

少女は美月《みつき》と名乗り、聞けば、もう何年も自宅で療養生活をしているらしい。

病気のせいで荒れた肌を見られたくないとのことで、会話はいつもカーテン越しだったけれど、美月との時間は楽しかった。

最初こそ、女の子とどんな話をすればいいかわからず、芸能人や流行《はや》りのアニメで盛り上がるクラスメイトたちの会話に耳を澄ませたりもしたけれど、美月が望んだのは、もっとずっと素朴な話題だった。

たとえば、好きな花や動物や、星座の話など。爽良がこれまでに目にしてきた、どこにでもあるようなものの話をするだけでも、美月はとても喜んでくれた。

外に出られない美月にとっては、どれも新鮮なのだろう。

そして爽良にとってもまた、美月の役に立てていることが、なによりも嬉《うれ》しかった。

そんな日々が十日程続いた、ある日のこと。

学校の廊下で、久しぶりに向かい側から歩いてくる礼央を見かけた。

五年生は三年生よりも授業が多く、爽良がランドセルを背負って帰るところである一方で、礼央はこれから教室移動らしく教科書を手にしていた。

まだかなり距離があるのに、礼央たちの集団の話し声が廊下に響き渡っている。どうやら、放課後にサッカーをやるという話題で盛り上がっているらしい。

見れば、一人の男子が礼央に「今日は絶対来いよ」と誘っていた。そして、曖昧《あいまい》に頷《うなず》く礼央に、「約束！」と言って肩を叩《たた》く。

礼央はさほど乗り気でないようだが、その強引さから察するに、友人たちは礼央の律儀さや、意外と付き合いがいいことを知っているのだろう。

そんな様子を眺めながら、爽良はふと、「約束」という言葉を心の中で繰り返した。

「約束」には、友達と同じくらい魅力的な響きがある。

「……いいなぁ」

思わず零《こぼ》れた、小さなひとり言。すると、ふいに礼央と目が合った。

「爽良」

名を呼ばれ、まさか聞かれてしまっただろうかと、慌てて言い訳を頭に巡らせる。

しかし、礼央はそのことには触れず、爽良の前に立ち止まるやいなや、小さく首をかしげた。

先に行ってしまった友人たちの「遅れるよー」という声が響くけれど、礼央はそれに小さく頷きを返すのみで、追いかける気配はない。そして。

「……なんか、顔色が悪い」

ふいに、そう口にした。

「え……？」

「体調悪いの？」

「ううん、大丈夫……」

「ねえ、最近なんか変なことなかった？」

唐突な質問の意図がわからず、爽良は戸惑う。

「変なこと……？」

「いや、……なんていうか」

礼央は口数が多い方ではないけれど、言葉を詰まらせることは滅多にない。

その様子のおかしさからふと思い立ったのは、しばらく顔を合わせなかったことで、心配をかけていたのかもしれないという思い。

というのも、ここ十日程、爽良は毎日美月のもとに通っている。

その間は、礼央とときどき交わしていたベランダ越しの会話もなく、思えば美月のこともまだ話していなかった。

「そ、そうだ……、私ね、友達ができたよ」

これさえ話せば礼央はきっと安心してくれるだろうと、爽良はわずかに声を弾ませそう伝える。

「……友達？」

しかし、礼央は意味深に瞳《ひとみ》を揺らした。

「うん。重い病気で学校に通えないから、いつも窓越しにお話しするだけなんだけど……」

「窓越し？……いつも？」

「うん、でもすごく楽しくて……」

なんだか思っていた反応と違い、語尾が弱々しく萎《しぼ》む。

すると、礼央は逡巡《しゅんじゅん》するようにしばらく間を置き、それからゆっくりと口を開いた。

「ねえ、爽良——」

しかし。

「——上原くん、始まるよ」

なにかを言いかけた瞬間、割って入ったのは音楽の先生だった。

同時にチャイムが鳴り、礼央は先生に背中を押されて音楽室の方へと向かっていく。

爽良は、なにかを言いたげに振り返った礼央に手を振り、その場を後にした。


「約束……？」

帰り道、いつも通り美月のもとに寄った爽良は、早速約束の話をした。

「うん。したことないから、いいなあって」

「したこと、……ないんだ」

なんだか、美月の声色が少し変わった気がした。

「うん……？」

もしかして傷付けるようなことを言ってしまっただろうかと、次第に不安が込み上げてくる。

けれど、顔が見えない状況では判断が難しく、爽良はなんだか落ち着かない気持ちで、かすかに開いた窓の隙間に視線を向けた。

分厚いカーテンに閉ざされた部屋の中の様子は、想像もつかない。

わかるのは、奥から伝わってくる小さな気配と、ふわりと漂う薬の匂いだけ。

あまりにも静かで、美月が黙ると無性に不安になる。

そのとき、ふと、――そういえば美月の家族はどうしているのだろうという疑問が浮かんだ。

改めて考えてみれば、もう何日もここに通っているというのに、美月以外の姿を見かけたことは一度もなく、それどころか声すら聞いたことがない。

小さな疑問が、少しずつ違和感に変わっていく。――しかし。

「じゃあ、――私と約束する？」

突如響いた楽しげな声で、形になりかけていた違和感はあっさりと消えてしまった。

「約束……？」

「うん」

「し、したい……！　どんな約束……？」

はやる気持ちを抑えられず、爽良は続きを促す。

すると、美月の笑い声が響いた。そして。

「誰にも内緒で、爽良ちゃんをお部屋に入れてあげる。……大切な約束の話は、会ってしたいから」

思いもしなかった言葉に、心臓がドクンと揺れる。

もちろん、爽良にも、直接会って話してみたいという気持ちはあった。けれど、美月の気持ちを考えれば、望むべきではないと思っていた。

「で、でも、見られたくないって……、美月ちゃんが嫌なら、私……」

戸惑いながらそう言うと、美月はふたたび笑う。

「ううん、爽良ちゃんならいいよ。……初めての、特別な友達だから」

「特別な、友達……」

「そう。でも、その代わりに、――ひとつ、お願いがあるの」

じわじわと、周囲を冷たい空気が包みはじめる。しかし、約束という言葉の魅力にうかされた爽良は、それにまったく気付かなかった。

「お願いって？　なんでも言って……？」

「なんでも？」

「うん。私にできることなら」

「本当に？　絶対に？　嘘ついたら、どうする？」

「嘘なんて、つかないよ」

爽良は手のひらをぎゅっと握り締め、続きを待つ。――そして。

「じゃあ、――それ、ちょうだい」

「それ……？　なんのこと……？」

「爽良　ちゃん　の」

「うん……？」

「らだ　を――」

「私の……？　よく聞こえな……」

「――爽良！」

突如響いたよく知る声に、爽良はビクッと肩を揺らした。

振り返ると、生垣の向こう側に立つ礼央と目が合う。走ってきたのか、額からは汗が流れ、見たことがないくらい表情を引き攣《つ》らせていた。

礼央は躊躇《ためら》いなく庭に足を踏み入れると、ポカンとしている爽良の手首を引いて庭から連れ出す。

そして、足早にその場を離れた。

「……行こう」

「え、なん……、待って私、今美月ちゃんと約束を……」

「俺との約束があるでしょ」

「礼央と？……そんなのしてな……」

「じゃあしよ、今」

「なに言っ……、ていうか、礼央、さっき友達と約束してたよね……？」

「破る」

「え……？　ちょっ……」

「破る」

繰り返された「破る」は語調が強く、爽良は口を噤《つぐ》む。

美月のことが気がかりだったけれど、見たことのない様子の礼央もまた、放っておくことができなかった。

結果、美月には明日《あした》謝ろうと、そのときに改めて約束の話を聞こうと、爽良は黙って礼央の後に続く。

次第に気持ちが落ち着くと同時に、爽良の手首を握る礼央の手が、わずかに震えていることに気付いた。

ふと、小さな不安を覚える。

けれど、なぜだか、その理由を尋ねることができなかった。

マンションに着くと、礼央は爽良を部屋に招き入れ、唐突にテレビゲームの電源を入れてコントローラーを爽良に渡す。

そして、学習机の椅子を引っ張り出して座り、半分開けて爽良に座らせた。

それは、椅子が一脚しかない礼央の部屋でゲームをするときの、幼い頃からの定番の体勢だった。

「ゲーム、するの……？」

「そう。技の練習するから付き合って」

「今から……？」

「うん。ほら、始まるよ」

そう言われて視線を向けると、画面に映し出されていたのは何年も前に礼央とよくやった対戦ゲームで、すでにキャラクターが向かい合っている。

展開に付いていけず戸惑っている間にもスタートのカウントダウンが始まり、爽良はひとまずコントローラーを握った。

ひとつしかない椅子に二人掛けしてゲームをしていると、たびたび互いの肘《ひじ》が当たり、その都度キャラクターがおかしな動きをする。

互いに今より体が小さかった数年前ならこんなことはなかったけれど、今はさすがに窮屈だった。

けれど、礼央に場所を移動する気配はない。

爽良もまた、久しぶりの礼央の気配が心地よく、――もう少しだけと、せめてこの対戦が終わるまでと自分に言い聞かせた。

「……駄目だ。超下手になった。爽良、明日も練習付き合って」

「明日も……？」

「うん。お願い。俺の方が学校終わるの遅いから、帰ったら呼びに行く」

「……いい、けど」

「約束ね」

頷《うなず》きながら、――そういえばこれも約束と呼ぶのかと、思わず手が止まる。

礼央は、昔から一緒にいることが多く、暗黙の了解が多いせいか、約束という概念から外れたところにいた。

ただ、そう考えてみると、礼央とは数え切れない程の約束を交わしている。

憧《あこが》れていたものはすでに持っていたらしいと、ふいの気付きに心地よく胸を締め付けられた。

「爽良、真面目にやって。……もう一回ね」

礼央は、爽良のキャラクターが動きを止めたことに文句を言いながら、リセットボタンを押す。

何度も聞いたはずのオープニングテーマが、やけに新鮮に響いた。


翌日の放課後、礼央との約束の前に急いで美月のもとへ向かった爽良は、家を前に愕《がく》然《ぜん》とした。

たった一晩しか経っていないというのに、建物は傷み、庭は荒れ果て、人が住んでいるような気配はまったくない。

昨日まで一階の窓に掛けられていた分厚いカーテンもなく、磨《す》りガラスの窓越しにベッドのシルエットが見えた。

じわじわと、爽良の頭に不穏な可能性が広がっていく。

美月は、——本当に、いたのだろうか、と。

今思えば、おかしいと感じた瞬間は何度もあった。

けれど、美月の気配は、いつも爽良を怖がらせる不気味な者たちとはまったく違っていたし、なにより友達ができたことが嬉《うれ》しくて、すべての違和感を頭の隅に追いやっていた。

しかし、真実は、この空き家が物語っている。

爽良はしばらく空き家を眺め、それから重い足取りで帰路を辿《たど》った。

怖くて、悲しくて、寂しかった。

ふと、美月が欲しがっていたものとはなんだったのだろうと、聞けなかった言葉の続きに思いを馳《は》せる。

自分はそれを、あげることができたのだろうか。もし、あのとき礼央が偶然通りかからなかったら、そしておかしなことを言い出さなかったなら、美月の望みを叶《かな》えていたのだろうか。

今となっては無意味な自問自答が、怖くもあり、少し寂しくもあった。

当然ながら、礼央の登場が偶然ではないことを、このときの爽良は知る由もない。

＊

「なに、ぼーっとして」

その声で我に返った爽良は、地面に広げたシートに座ったまま礼央を見上げる。

ふと、冷静な礼央の表情と、過去に爽良を連れ去ったときに見せた汗だくの礼央の表情が重なって見えた。

「そっか……、あのときも、視えてたんだ……」

呟《つぶや》くと同時に、当時の礼央の手から伝わってきたかすかな震えが鮮明に蘇《よみがえ》ってくる。

頭を過《よぎ》っていたのは、碧が話していた言葉。

碧は礼央のことを話しながら、「ハッタリだった時期も絶対にあるはず」と、さらに、「不気味なものが自分だけに視えるなんて、普通は誰だって怖い」と言った。

今になって、その言葉がストンと心に落ちる。

そして、自分が視えることを隠し、震えながらも爽良を守ってくれた当時の礼央のことを思うと、経験したことのない甘い痛みに胸を締め付けられた。

「……約束、破らせてごめんね」

「うん？」

「二回目でしょ、……今回で」

そう言うと、礼央はかすかに瞳《ひとみ》を揺らす。

おそらく、同じ日のことを考えているのだろう。

「あの……、隣、座っていい？」

「そっちはまだ塗料が乾いてないよ」

「そうじゃなくて」

もどかしい表情を浮かべる爽良に、礼央は小さく笑いながら、椅子を半分空けた。

遠慮がちに横に座ると、触れた肩から礼央の体温が伝わってくる。なぜだか、前にここで同じ座り方をしたときよりもしっくりくる気がした。

礼央がテーブルに刷毛《はけ》を動かす音が、辺りに心地よく響く。思わず目を閉じた瞬間、礼央の肘が爽良の腕にこつんと当たり、一気に懐かしさが込み上げてきた。

思わず笑うと、礼央もつられたように笑う。

「もう俺らには狭いんだって」

「……一脚で十分だったかも」

「人の話聞いてる？」

新たに取り戻した記憶があまりに温かかったせいか、気付けば、ここしばらく礼央に対して覚えていた戸惑いが、嘘のように払拭《ふっしょく》されていた。

礼央の言葉や行動すべてにやたらと理由を求めていたけれど、今となっては、どれも必要なかった気すらしている。

ただ一緒にいるだけで安心していた子供の頃の気持ちが、なにより自然で自分たちらしい気がした。

「私、……取り消したいわけじゃないよ」

なかば衝動的に、ぽつりと呟く。

文脈を完全に無視したひと言だったけれど、爽良には、礼央が相手ならきっと伝わるだろうという根拠のない確信があった。

礼央は一瞬手を止めたものの、すぐになにごともなかったかのように作業を再開する。

そして。

「うん。俺も最初から取り消すつもりない」

それは、いかにも礼央らしい返事だった。

「ないんだ……。私、結構悩んだんだけど……」

「俺、取り消さなきゃいけなくなるようなことしないし」

「…………」

多少の憎たらしさを覚えつつ、確かに礼央はそうだと納得している自分がいる。

脱力して天を仰ぐと、ふいに、いつも使われていない間近の巣箱から一羽の鳥が飛び去っていった。

「え、嘘、今……！」

興奮気味に礼央の肩を叩《たた》くと、礼央も空を見上げる。

鳥はあっという間に見えなくなり、爽良は改めて不恰好《ぶかっこう》な巣箱を眺めた。

「この巣箱を使ってる子、いたんだね……」

呟くと、礼央も小さく頷く。

「……まあ、それぞれに居心地いい場所があるから」

その瞬間、一つのガーデンチェアをシェアする自分たちの姿が、おかしくも愛《いと》おしく思えた。

本書は書き下ろしです。この作品はフィクションであり、登場する人物・地名・団体等は実在のものとは一切関係ありません。

大《たい》正《しょう》幽《ゆう》霊《れい》アパート鳳《ほう》銘《めい》館《かん》の新《しん》米《まい》管《かん》理《り》人《にん》4

竹《たけ》村《むら》優《ゆ》希《き》

令和4年 9月25日　初版発行

発行者●青柳昌行

発行●株式会社KADOKAWA
〒102-8177　東京都千代田区富士見2-13-3
電話　0570-002-301（ナビダイヤル）

角川文庫 23338

印刷所●株式会社暁印刷
製本所●本間製本株式会社

表紙画●和田三造

ISBN 978-4-04-112954-8　C0193

◇◇◇

角川文庫発刊に際して

角川源義

　第二次世界大戦の敗北は、軍事力の敗北であった以上に、私たちの若い文化力の敗退であった。私たちの文化が戦争に対して如何に無力であり、単なるあだ花に過ぎなかったかを、私たちは身を以て体験し痛感した。西洋近代文化の摂取にとって、明治以後八十年の歳月は決して短かすぎたとは言えない。にもかかわらず、近代文化の伝統を確立し、自由な批判と柔軟な良識に富む文化層として自らを形成することに私たちは失敗して来た。そしてこれは、各層への文化の普及滲透を任務とする出版人の責任でもあった。

　一九四五年以来、私たちは再び振出しに戻り、第一歩から踏み出すことを余儀なくされた。これは大きな不幸ではあるが、反面、これまでの混沌・未熟・歪曲の中にあった我が国の文化に秩序と確たる基礎を齎らすためには絶好の機会でもある。角川書店は、このような祖国の文化的危機にあたり、微力をも顧みず再建の礎石たるべき抱負と決意とをもって出発したが、ここに創立以来の念願を果すべく角川文庫を発刊する。これまで刊行されたあらゆる全集叢書文庫類の長所と短所とを検討し、古今東西の不朽の典籍を、良心的編集のもとに、廉価に、そして書架にふさわしい美本として、多くのひとびとに提供しようとする。しかし私たちは徒らに百科全書的な知識のジレッタントを作ることを目的とせず、あくまで祖国の文化に秩序と再建への道を示し、この文庫を角川書店の栄ある事業として、今後永久に継続発展せしめ、学芸と教養との殿堂として大成せんことを期したい。多くの読書子の愛情ある忠言と支持とによって、この希望と抱負とを完遂せしめられんことを願う。

一九四九年五月三日